L'AVVELENATRICE

Alexandre Dumas

Verso la fine dell'anno 1665, in una bella sera d'autunno, molta gente accalcavasi sulla parte del Ponte Nuovo che scende verso la via Delfino.

L'oggetto che attirava la pubblica attenzione, era una carrozza ermeticamente chiusa, della quale un Commissario sforzavasi d'aprire lo sportello, mentre, delle quattro guardie formanti il suo seguito, due fermavano i cavalli, e le altre due trattenevano il cocchiere, il quale, sordo alle intimazioni ricevute, non aveva risposto se non cercando di mettere i suoi cavalli al galoppo.

Questa specie di lotta durava già da qualche tempo, quando d'improvviso, uno degli sportelli s'aprì con violenza, ed un giovane ufficiale, in divisa di capitano di cavalleria, balzò a terra, chiudendo nello stesso tempo lo sportello per cui era uscito, ma non abbastanza svelto perchè i più vicini non avessero avuto agio di distinguere nel fondo della carrozza, avvolta in una mantiglia e coperta d'un velo, una donna che, dalle precauzioni prese per nascondere il volto a tutti gli sguardi, pareva avere il maggiore interesse a rimanere incognita.

– Signore – disse il giovane, rivolgendosi con piglio altero ed imperioso al Commissario – siccome io presumo, se non erro, che voi abbiate da fare con me solo, vi pregherei di farmi conoscere i poteri in virtù dei quali voi arrestaste questa carrozza nella quale io ero; ed ora che io non ci sono più, vi impongo di ordinare ai vostri uomini di lasciarle continuare la sua strada.

– E primieramente – rispose il Commissario, senza lasciarsi intimorire da quel tono arrogante, e facendo segno alle guardie di non lasciar andare nè il cocchiere, nè i cavalli – abbiate la bontà di rispondere alle mie domande.

– Ascolto – disse il giovane, facendosi visibilmente forza per conservare la calma.

– Siete voi il cavaliere Gaudin di Santa-Croce?

– Io stesso.

– Capitano nel reggimento di Tracy?

– Sì, signore.

– Allora vi arresto in nome del Re?

– In virtù di qual ordine?

– In virtù di questo decreto.

Il cavaliere fissò un rapido sguardo sulla carta che gli presentavano, ed avendo riconosciuto, alla prima occhiata, la firma del ministro di polizia, non parve più pensare se non alla donna rimasta in carrozza; onde tornò tosto alla prima domanda da lui fatta.

– Va benissimo, signore – disse al Commissario. – Ma questo decreto porta il mio solo nome, e, vi ripeto, non vi dà il diritto d'esporre come fate, alla pubblica curiosità la persona che stava con me. Date dunque ordine, vi prego, ai vostri uomini di permettere alla carrozza di continuare la sua strada, e conducetemi poi dove volete; sono pronto a seguirvi.

La domanda parve giusta, a quanto sembra, al pubblico ufficiale, poichè fece cenno ai suoi di lasciare il cocchiere ed i cavalli, e questi, come se non avessero, da parte loro, aspettato che quel momento per partire, fendettero tosto la calca, che si aperse davanti ad essi, e via trasportarono con rapidità la donna, per la quale il Capitano pareva sì preoccupato.

Dal canto suo, come l'avea promesso, Santa-Croce non fece resistenza veruna; seguì per alcuni istanti la propria guida in mezzo all'assembramento, di cui la curiosità parea rivolta su di lui; poi all'angolo della riva dell'Orologio, avendo una guardia fatta venire innanzi una vettura da piazza colà nascosta, vi salì dentro colla medesima aria di alterigia e di sdegno da lui serbata in tutto il tempo che aveva durata la scena testè descritta.

Il Commissario sedette al di lui fianco, due guardie salirono di dietro, e le altre due, in virtù degli ordini probabilmente ricevuti dal loro superiore, si ritirarono, gettando al cocchiere quest'ultima parola.

– Alla Bastiglia!

Ora, i nostri lettori, ci permetteranno di far loro conoscere ampiamente quello dei personaggi di questa storia che noi mettiamo per il primo in scena.

Il cavaliere Gaudin di Santa-Croce, del quale non conoscevasi l'origine, era, dicevano taluni, il bastardo d'un gran signore, mentre altri invece pretendevano che fosse nato da parenti poveri, e che non avendo potuto sopportare l'oscurità della propria nascita, egli le preferisse un disonore dorato, facendosi credere quello che non era.

Il poco che sapevasi dunque di positivo a tale proposito, è ch'era nato a Montalbano, quanto al suo stato attuale nel mondo, era capitano nel reggimento di Tracy.

Santa-Croce, al tempo in cui incomincia il nostro racconto, vale a dire verso la fine dell'anno 1665, poteva avere dai ventotto ai trent'anni.

Era un bel giovane, di fisonomia aperta e pieno di spirito, allegro, buontempone e valoroso soldato; faceva suo il piacere altrui, ed il suo carattere volubile abbracciava un disegno di pietà con tanta gioia, con quanta entrava in una partita di libertinaggio; facile d'altra parte ad innamorarsi, geloso fino al furore, foss'anche d'una cortigiana, quando questa eragli piaciuta; d'una prodigalità principesca, senza che questa fosse appoggiata da qualche rendita; da ultimo sensibile all'ingiuria, come tutti quelli che, posti in una posizione eccezionale, pensano continuamente che tutta la gente, facendo allusione alla loro origine, abbia intenzione d'offenderli.

Ora, ecco per qual concatenamento di circostanze egli era giunto dove noi lo troviamo.

Verso il 1660, Santa-Croce, essendo nell'esercito, aveva stretta conoscenza col marchese di Brinvilliers, aiutante di campo nel reggimento di Normandia.

La loro età era quasi la medesima, la loro carriera li conduceva in una stessa via, le qualità ed i difetti loro, simili in tutto, avevano in breve cangiato quella semplice relazione in un'amicizia sincera; dimodochè al suo ritorno dall'esercito il marchese di Brinvilliers aveva presentato Santa-Croce alla propria moglie, alloggiandolo in casa sua.

Questa intimità non aveva tardato a produrre i soliti risultati.

La marchesa di Brinvilliers aveva allora ventott'anni appena. Nel 1651, vale a dire nove anni prima, ella aveva sposato il marchese di Brinvilliers, possessore di trentamila lire di rendita, ed al quale aveva portato dugentomila lire di dote, senza contare la speranza della sua parte ereditaria. Essa chiamavasi Maria Maddalena; aveva due fratelli e una sorella. Suo padre, Dreux d'Aubray, era presidente al Tribunale di Parigi.

A ventott'anni la marchesa di Brinvilliers era in tutto lo splendore della beltà: di statura piccola, ma di forme perfette, avea volto tondo, d'incantevole leggiadria; le sue fattezze, tanto più regolari in quanto che non erano mai alterate da alcuna impressione interna, sembravano quelle d'una statua che, per un potere magico avesse momentaneamente ricevuta la vita, e ciascuno poteva prendere pel riflesso della serenità di un'anima pura quella fredda e crudele impassibilità, che non era se non una maschera per coprire il rimorso.

Santa-Croce e la Marchesa si piacquero a prima vista, e furono in breve amanti.

Quanto al Marchese, sia ch'egli fosse dotato di quella filosofia coniugale tanto comune a quel tempo, sia che i piaceri ai quali abbandonavasi egli medesimo, non gli dessero tempo d'accorgersi di quanto accadeva quasi sotto ai suoi occhi, non arrecò colla sua gelosia alcun impedimento a quella intimità, e continuò le stolte spese per le quali aveva già fortemente intaccato il suo patrimonio. In breve, i suoi affari si sbilanciaron siffattamente, che la Marchesa, la quale più non lo amava, e che, in tutto l'ardore di una nuova passione, desiderava una libertà ancor maggiore, chiese ed ottenne una separazione.

Allora lasciò la casa coniugale, e senza più alcun rispetto al mondo si mostrò dovunque ed in pubblico col Santa-Croce.

Quel commercio, autorizzato del resto dall'esempio de' più grandi signori, non fece veruna impressione sul marchese di Brinvilliers, il quale continuò a rovinarsi allegramente, senza inquietarsi di quanto faceva sua moglie.

Ma non fu così di Dreux d'Aubray, il quale aveva conservato gli scrupoli della nobiltà di toga. Scandalizzato dei disordini della figlia, e temendo che, riflettendo su di lui, non macchiassero la sua riputazione, ottenne un decreto che l'autorizzava a far arrestare Santa-Croce dovunque l'incontrasse chi ne fosse il portatore.

Abbiamo veduto come venne posto ad effetto nel momento stesso che Santa-Croce, trovavasi nella carrozza della marchesa di Brinvilliers, che i nostri lettori hanno per certo riconosciuta nella donna che nascondevasi con tanta cura.

Si comprenderà, col carattere di Santa-Croce, qual violenza dovette fare a sè stesso per non lasciarsi trasportare dall'ira quando si trovò in tal modo arrestato in mezzo alla via: cosicchè, sebbene, durante tutto il tragitto, non pronunciasse una parola sola, era facile scorgere che una terribile tempesta addensavasegli nell'animo e non avrebbe tardato a scoppiare.

Nonpertanto, egli conservò la medesima impassibilità fin allora mostrata, non solo quando vide aprirsi e chiudere le porte fatali che, come quelle dell'inferno, avevano sì spesso comandato, a coloro che esse inghiottivano, di lasciare ogni speranza sulla soglia; ma anche nel rispondere alle domande d'uso che gli rivolse il governatore.

La sua voce rimase impassibile, e fu con mano abbastanza ferma ch'ei firmò il registro dei carcerati che gli venne presentato.

Tosto un carceriere, dopo aver preso gli ordini del governatore, invitò il prigioniero a seguirlo, e fatti alcuni giri nei freddi ed umidi corridoi, dove la luce penetrava talvolta, ma l'aria non mai, aprì la porta d'una stanza, di cui, come Santa-Croce vi fu entrato, udì chiudersi dietro a sè la porta.

Allo stridìo de' catenacci, Santa-Croce si volse: il carceriere avevalo lasciato senz'altro lume fuor quello della luna, che, passando traverso le ferriate d'una finestra alta otto o dieci piedi, cadeva sovra un meschino lettuccio, che rischiarava, immergendo tutto il resto della stanza in una profonda oscurità.

Il prigioniero si fermò un istante in piedi, ad ascoltare; poi, quando ebbe udito i passi perdersi in lontananza, certo finalmente d'esser solo, e giunto a quel grado di rabbia nel quale fa d'uopo che il cuore scoppi o si spezzi, si buttò sul letto con un ruggito, imprecando agli uomini che lo avevano così tolto all'allegra sua vita per gettarlo in un carcere, maledicendo Dio che li lasciava fare, e chiamando in aiuto ogni potere, qualunque fosse, che gli procurasse la vendetta e la libertà.

Nello stesso punto, e come se le sue parole l'avessero fatto sorgere dal seno della terra, un uomo magro, pallido, dai capelli lunghi e vestito d'una giubba nera, entrò lentamente nel cerchio di luce turchiniccia che cadeva dalla finestra, e si avvicinò al letto sul quale giaceva Santa-Croce.

Per coraggioso che fosse il prigioniero, quell'apparizione rispondeva talmente alle sue parole, che, in quel tempo, in cui credevasi ancora ai misteri degl'incantesimi e della magia, non dubitò un istante che il nemico del genere umano, il quale s'aggira di continuo intorno all'uomo, non l'avesse inteso e non venisse alla sua voce.

Egli si sollevò dunque sul letto, cercando macchinalmente l'elsa della spada nel posto dove, due ore prima, stava ancora, e ad ogni passo che l'essere misterioso e fantastico faceva verso di lui, gli si rizzavano i capelli in fronte, ed un freddo sudore gli scorreva giù pel volto.

Finalmente l'apparizione si fermò, ed il fantasma ed il prigioniero stettero per un istante in silenzio e si fissarono scambievolmente. Allora l'uomo misterioso prese pel primo la parola, e con voce cupa:

– Giovane – gli disse – tu hai chiesto all'inferno un mezzo di vendicarti degli uomini che ti hanno proscritto, e di lottare contro Dio che ti abbandona: questo mezzo l'ho io, e vengo ad offrirtelo. Hai tu il coraggio d'accettarlo?

– Ma prima di tutto – chiese Santa-Croce – chi sei tu?

– Che bisogno hai di sapere chi sia io – ripigliò lo sconosciuto – dal momento ch'io vengo quando tu mi chiami e ti porto quello che tu chiedi?

– Non importa – rispose Santa-Croce, pensando sempre d'avere a fare con un essere soprannaturale; – quando si fa un patto simile, è sempre meglio sapere con chi si tratta.

– Or bene! giacchè tu vuoi saperlo – disse lo straniero – sono l'italiano Esili.

Santa-Croce sentì un nuovo brivido scorrergli per le vene, passando, al suono di questo nome, da una visione infernale ad una terribile realtà.

Infatti, il nome dell'Esili era allora orrendamente celebre, non solo per tutta la Francia, ma anche per tutta Europa.

Cacciato da Roma sotto accusa di numerosi avvelenamenti, di cui non erasi potuto avere le prove, Esili era venuto a Parigi, dove in breve, come nel suo paese natìo, avea attirato sopra di sè gli sguardi dell'autorità.

Quantunque non ci fossero prove della sua reità, eravi una convinzione morale abbastanza grande, perchè non si esitasse a decretarne l'arresto.

Infatti, arrestato Esili, era stato condotto alla Bastiglia, dove stava già da sei mesi circa, quando Santa-Croce vi fu condotto alla sua volta.

Siccome a quel tempo i prigionieri erano numerosi, il direttore aveva fatto riunire Esili a Santa-Croce, senza pensare che accoppiava due demonî.

Ora, i lettori comprenderanno il resto.

Santa-Croce era entrato in quella stanza dove il carceriere l'avea lasciato senza lume, e dove, nell'oscurità, non avea potuto distinguere l'altro inquilino; erasi allora abbandonato alla collera, e le sue imprecazioni, avendo rivelato ad Esili l'odio suo, questi aveva còlto quell'occasione di farsi un discepolo potente e devoto, il quale, uscito che fosse, gli facesse aprire le porte del carcere, o almeno lo vendicasse, se doveva restare eternamente prigioniero.

Questa ripugnanza di Santa-Croce pel compagno di stanza non durò a lungo, e l'abile maestro trovò un degno scolaro.

Santa-Croce, col suo bizzarro carattere composto di bene e di male, colleganza di qualità e difetti, miscuglio di vizî e di virtù, era giunto a quel punto supremo della vita, in cui gli uni dovevano vincerla sugli altri. Se, nello stato in cui trovavasi, un angelo l'avesse preso, forse l'avrebbe condotto a Dio: incontrò un demonio, e il demonio lo trasse a Satana.

Esili non era un avvelenatore volgare, era un grande artista in veleni, e seguace della scuola dei Medici e dei Borgia. Per lui l'omicidio era diventato un'arte, e l'aveva sottoposto a regole fisse e positive: talchè era giunto al punto da non esser più l'interesse che lo guidava, sibbene un desiderio irresistibile d'esperimento.

Dio riservò la creazione per la sola potenza divina, ed abbandonò la distruzione alla potenza umana: ne risulta che l'uomo crede farsi uguale a Dio, distruggendo.

Tale era l'orgoglio d'Esili, cupo e pallido alchimista del nulla, il quale, lasciando altrui la cura di cercare il segreto della vita, aveva trovato quello della morte....

Santa-Croce esitò alcun tempo, ma alla fine cedette ai motteggi del compagno, il quale, accusando i Francesi di porre la buona fede fin ne' delitti, glieli fece vedere quasi sempre avvolti essi medesimi nella loro propria vendetta e soccombenti col nemico, mentre avrebbero potuto sopravvivergli ed insultare alla morte sua.

In opposizione a quella pubblicità che spesso attira sull'uccisore una morte più crudele di quella ch'egli dà, mostrò l'astuzia fiorentina, colla bocca sorridente e l'implacabile suo veleno.

Gli nominò quelle polveri e que' liquori, taluni de' quali sono occulti e consumano mediante languori sì lenti, che il malato muore con lunghi gemiti, e gli altri sono sì violenti e rapidi, che uccidono come la folgore, senza lasciare il tempo a chi n'è colpito di mandare un grido.

A poco a poco Santa-Croce s'interessò a quel gioco terribile che mette la vita di tutti nelle mani d'un solo. Cominciò coll'assistere alle esperienze d'Esili; poi, a sua volta, fu abbastanza abile da farne egli stesso, e, quando in capo ad un anno, uscì dalla Bastiglia, l'allievo avea quasi eguagliato il maestro.

III

Santa-Croce rientrava nella società, che lo avea esiliato per un momento, forte d'un segreto fatale, col cui aiuto poteva renderle tutto il male che ne aveva ricevuto.

Poco dopo Esili uscì a sua volta, ignorasi dietro quali istanze, ed andò a trovare Santa-Croce, il quale gli appigionò una stanza in nome del suo intendente, Martin di Breuille; quella stanza era situata nel vicolo de' Mercanti di cavalli della piazza Maubert, ed apparteneva a certa signora Brunet.

Ignorasi se, durante il suo soggiorno alla Bastiglia, la marchesa di Brinvilliers avesse occasione di vedere Santa-Croce; ma il certo si è, che subito dopo l'uscita del prigioniero, i due amanti si ritrovarono più innamorati di prima.

Tuttavia, essi avevano imparato per esperienza ciò che dovevano temere; talchè risolsero di fare al più presto la prova della scienza acquistata dal Santa-Croce, e d'Aubray fu scelto dalla figlia stessa per prima vittima.

In tal guisa ella sbarazzavasi d'un censore rigido ed incomodo a' suoi piaceri; mentre nel medesimo tempo riacquistava colla paterna eredità il suo patrimonio, quasi tutto scialacquato dal marito.

Tuttavia, siccome quando vibrasi un colpo simile, dev'essere decisivo, la Marchesa volle esperimentare prima i veleni di Santa-Croce su qualcun altro.

A tal uopo un giorno che la sua cameriera, per nome Francesca Roussel, entrava da lei dopo la colazione, le diede una fetta di prosciutto ed un po' di conserva di ribes, perchè facesse colazione anch'essa.

La giovane, senza diffidenza, mangiò quanto avevale dato la sua padrona; ma, quasi tosto, si sentì indisposta, provando un gran male allo stomaco, come se le pungessero il cuore con degli spilli.

Tuttavia non ne morì, e la marchesa vide che il veleno aveva bisogno d'acquistare un grado maggiore d'intensità; per conseguenza, lo restituì a Santa-Croce, il quale, in capo ad alcuni giorni, glie ne consegnò un altro.

Era venuto il tempo d'adoprarlo.

D'Aubray, stanco de' lavori del suo ufficio , doveva andare a passare il tempo della vacanze al suo castello d'Offemont.

La marchesa di Brinvilliers s'offerse di accompagnarlo.

D'Aubray, credendo rotte affatto le relazioni di lei col Santa-Croce, accettò con gioia.

Offemont era un recesso quale conveniva per eseguire l'orrendo delitto.

Era situato nel mezzo della selva dell'Aïgue, a tre o quattro leghe da Compiègne, e il veleno avrebbe già fatto progressi abbastanza violenti, prima che il soccorso giungesse, e sarebbe tornato quindi inutile.

D'Aubray partì colla figlia ed un solo servo.

La Marchesa non aveva avuto mai pel padre le cure infinite, le premurose attenzioni colle quali lo circondò durante il viaggio.

Dal canto proprio, d'Aubray l'amava assai più adesso che la credeva pentita, di prima, e dimenticò il suo passato.

Fu allora che la Marchesa chiamò in proprio aiuto quella terribile impassibilità di volto, della quale abbiamo già parlato.

Sempre vicina al padre, dormendo nella stanza attigua alla sua, mangiando con lui, colmandolo d'attenzioni, di carezze e di premure, a segno di non volere che niun altro fuor di lei lo servisse, le convenne formarsi in mezzo a' suoi infami progetti, un volto sorridente ed aperto, sul quale l'occhio più sospettoso nulla potesse leggere fuor che tenerezza e pietà.

E fu con questa maschera ch'ella gli presentò, una sera, un brodo avvelenato.

D'Aubray lo prese dalle sue mani; ella glie lo vide avvicinarselo alla bocca, lo seguì con gli occhi fin nel di lui petto, e non un segno svelò su quel volto di bronzo la terribile impressione che doveva stringerle il cuore.

Poi, quando il padre l'ebbe bevuto tutto, e ch'ella ricevette la tazza senza tremare sul piatto che gli stendeva, si ritirò nella propria stanza, aspettando ed ascoltando.

Gli effetti della bevanda furono pronti. La Marchesa udì il padre mandare qualche lamento, poi da' lamenti passare a' gemiti. Finalmente, non potendo più resistere ai dolori che provava, chiamò la figlia ad alta voce.

La Marchesa entrò.

Ma questa volta la fisonomia di lei portava l'impronta della più sentita inquietudine, e d'Aubray si trovò costretto a rassicurarla sul suo stato; egli medesimo non credeva se non in una leggiera indisposizione, e non voleva che si chiamasse il medico.

Fu alla perfine preso da vomiti sì terribili, seguìti in breve da dolori di stomaco tanto insopportabili, ch'ei cedette alle istanze della figlia, e diede ordine di correre a cercar soccorso.

Verso le otto del mattino giunse un medico; ma già tutto quello che poteva guidare le investigazioni della scienza era scomparso; il dottore, in quello che gli raccontò d'Aubray, vide solo i sintomi d'una indigestione, la trattò per tale e tornò a Compiègne.

La Marchesa per tutto quel giorno non abbandonò il malato.

Venuta la notte si fece preparar un letto nella medesima stanza, e dichiarò di volerlo assistere ella sola.

Potè dunque studiare tutti i progressi del male, e seguire cogli occhi la lotta che la morte e la vita combattevano nel petto del padre.

Il domani il dottore tornò: d'Aubray stava peggio: i vomiti erano cessati, ma i dolori di stomaco erano diventati più acuti, uno strano bruciore gli straziava le viscere; ordinò una cura che esigeva il ritorno del malato a Parigi.

Però il dottore osservò che il malato era sì debole, che poteva essere pernicioso il condurlo anche semplicemente a Compiègne.

Ma la Marchesa insistè tanto sulla necessità di cure più complete ed intelligenti di quelle che poteva ricevere in casa, ch'egli risolse di lasciare la propria abitazione.

Egli fece il tragitto coricato nella sua carrozza e colla testa appoggiata sulla spalla della figlia; l'apparenza non si smentì un istante, e per tutto il viaggio la Marchesa di Brinvilliers, rimase la stessa. Finalmente d'Aubray giunse a Parigi.

Tutto era proceduto secondo i desideri della Marchesa: il teatro della scena era mutato; il medico che avea veduto i sintomi non vedrebbe l'agonia; nessun occhio avrebbe, studiando il progresso del male, potuto scoprirne le cause; il filo dell'investigazione era rotto nel mezzo, e le due parti n'erano omai lontane troppo, perchè vi fosse probabilità di riannodarle.

Malgrado le cure più premurose, la salute del d'Aubray continuò a peggiorare; la Marchesa, fedele alla sua missione, non lo abbandonò un'ora; finalmente, in capo a quattro giorni d'agonia, spirò fra le braccia della figlia, benedicendo colei che l'aveva assassinato.

Allora, il dolore della Marchesa scoppiò in sentimenti sì vivi ed in singhiozzi sì profondi, che quello de' fratelli parve freddo a confronto del suo.

Del resto, nessuno sospettando il delitto, non fu eseguita l'autopsia e la salma venne tumulata.

Tuttavia la Marchesa aveva raggiunto appena la metà dello scopo. Ella si era bensì procurata una libertà più grande pei suoi amori; ma l'eredità paterna non le era stata sì vantaggiosa come l'aveva sperato. La maggior parte de' beni colla carica, erano toccati al fratello maggiore, ed al secondogenito, deputato al Parlamento. La posizione della Marchesa non trovavasi dunque che mediocremente migliorata dal lato economico, come vedremo in seguito.

IV

Santa-Croce, menava vita allegra e dispendiosa, quantunque nessuno gli conoscesse beni di fortuna. Aveva un intendente per nome Martin, tre servi, Giorgio, Lapierre e Lachaussée, non che, oltre la sua carrozza ed il suo equipaggio, de' portantini ordinarî per le sue escursioni notturne.

Del resto, essendo egli giovane e bello, la gente non s'inquietava troppo dell'origine di tanto lusso.

Era uso, a que' tempi, che i cavalieri compìti non mancassero di nulla, e si diceva di Santa-Croce ch'egli avesse la pietra filosofale.

Nelle sue relazioni col bel mondo egli erasi fatto amico di parecchie persone nobili e ricche; fra le ultime era un certo Reich di Penautier, ricevitore generale del clero e tesoriere della Borsa degli Stati di Linguadoca. Era un milionario, uno di quegli uomini cui tutto riesce, e che sembrano, mercè il loro danaro, dettar leggi alle cose che non ne ricevono se non da Dio.

Infatti, Reich di Penautier si era associato d'interessi e d'affari con certo d'Alibert, suo primo commesso, che morì ad un tratto d'apoplessia. La sua morte fu conosciuta da Penautier prima della famiglia; le carte comprovanti la società sparirono, non si sa come, e la moglie e il figlio del d'Alibert furono rovinati.

Il cognato del d'Alibert, signor della Maddalena, ebbe alcuni vaghi sospetti su questa morte, e volle chiarirsene; per conseguenza cominciò a fare indagini, ma in mezzo alle sue ricerche morì repentinamente.

In un punto solo la fortuna pareva avere abbandonato il suo favorito. Il signor Penautier aveva un grande desiderio di succedere al signor di Mennevillette, ricevitore del clero; quella carica valeva un sessantamila lire circa, e sapendo che il Mennevilette stava per disfarsene a favore del suo primo commesso, Pietro Hannyvel, signore di SaintLaurent, aveva fatto tutti i passi necessarî per comprarla a detrimento di quest'ultimo; ma, sostenuto ad oltranza dai reverendi del clero, il signor di SaintLaurent aveva ottenuto gratis la sopravvivenza del titolare; cosa che non erasi mai avverata.

Penautier gli aveva allora offerto quarantamila scudi perchè lo accettasse come socio in quella carica; ma SaintLaurent aveva ricusato.

Le loro relazioni però non erano rotte, ed essi continuavano a vedersi. Del resto, Penautier passava per un uomo sì fortunato, che non dubitavasi un giorno o l'altro non ottenesse con un mezzo qualunque la carica che tanto ambiva.

Quelli che credevano ai misteri dell'alchimia, dicevano che Santa-Croce faceva affari con Penautier.

Frattanto, scorso il tempo del lutto, le relazioni di Santa-Croce colla Marchesa avevano ripigliato tutta l'antica pubblicità. I fratelli d'Aubray ne fecero parlare alla Brinvilliers da una sorella minore ch'ella aveva nel convento delle Carmelitane, e la Marchesa s'accòrse che il padre, morendo, avea lasciato ai fratelli la sorveglianza della di lei condotta.

In conseguenza il primo delitto della Marchesa era stato quasi inutile; ella aveva voluto sbarazzarsi delle rimostranze di suo padre, ed ereditarne la sostanza; questa non erale pervenuta che diminuita della parte de' suoi fratelli maggiori, a segno che aveva bastato appena a pagare i suoi debiti; ed ecco le rimostranze rinascere nella bocca de' fratelli, uno de' quali, nella sua qualità di Procuratore generale, poteva separarla una seconda volta dall'amante.

Conveniva prevenire queste cose. Lachaussée lasciò il servizio di Santa-Croce, e tre mesi dopo entrò, per intromissione della Marchesa, al servizio del Deputato al Parlamento, che coabitava col fratello.

Questa volta non ci voleva un veleno rapidamente mortale come quello adoperato col signor d'Aubray. La morte, uccidendo sì prontamente nella medesima famiglia, avrebbe potuto destare dei sospetti.

Si ricominciarono le esperienze, non già sovra animali, chè le differenze anatomiche esistenti fra i diversi organismi avrebbero potuto far errare la scienza, ma, come la prima volta, si provò sopra soggetti umani, come la prima volta si esperimentò sulla cameriera.

La Marchesa era conosciuta per donna pia e benefica; di rado la miseria rivolgevasi a lei senza essere sollevata. Eravi di più: partecipando alle cure delle sante giovani che si dedicavano al servizio degl'infermi, ella frequentava talvolta gli spedali, a' quali mandava vino e medicamenti. Nessuno si maravigliò dunque, vedendola, come al solito, comparire allo spedale maggiore; questa volta portava biscotti e confetture pe' convalescenti; i suoi doni, come sempre, furono ricevuti con gratitudine.

Un mese dopo ella, ripassò allo spedale e s'informò d'alcuni malati pe' quali aveva preso vivo interesse. Dopo la sua visita essi avevano sofferto una ricaduta, e la malattia, cangiando di carattere, aveva assunto maggior gravità.

Era un languore mortale che li traeva a morte per uno strano deperimento.

Interrogò i medici i quali non poterono dirle nulla: quella malattia era loro ignota, e deludeva tutte le risorse dell'arte.

Quindici giorni dopo ella ritornò; alcuni de' malati erano morti, altri erano ancora vivi, ma in una disperata agonia: scheletri animati, non avevano più dell'esistenza che la voce, la vista e l'alito.

In capo a due mesi, tutti erano morti, e la medicina era stata cieca nell'autopsia del cadavere, come lo era stata nella cura del moribondo.

Simili prove erano rassicuranti, e Lachaussée ricevette l'ordine di compiere le sue istruzioni.

Un giorno il Procuratore generale chiamò Lachaussée che, come dicemmo, serviva il Deputato. Quando questi entrò per chiedere i suoi ordini; lo trovò che lavorava col suo segretario, certo Cousté. Il signor d'Aubray desiderava un bicchiere d'acqua e vino. Lachaussée rientrò poco dopo con un bicchiere ripieno di liquido.

Il Procuratore generale portò il bicchiere alle labbra, ma al primo sorso lo respinse, esclamando:

– Che m'hai dato, sciagurato? credo che tu voglia avvelenarmi.

Poi, stendendo il bicchiere al Segretario:

– Guardate, Cousté – gli disse – che cosa c'è dentro?

Il Segretario versò alcune gocce del liquido in un cucchiaino da caffè, e l'accostò al naso ed alla bocca: il liquido avea l'odore e il sapore del vetriolo.

Nel frattempo Lachaussée s'avanzò verso il Segretario, dicendo sapere che cos'era. Un cameriere del Deputato aveva preso medicina la mattina stessa, e senza farvi attenzione, aveva certo adoperato il bicchiere che aveva servito al suo camerata. Ciò detto, ripigliò il bicchiere dalle mani del Segretario, l'accostò alla bocca, poi, fingendo d'assaggiarlo, a sua volta, disse ch'era proprio quello, che riconosceva il medesimo odore, e gettò il liquido nel camino.

Siccome il Procuratore generale non aveva inghiottita sufficiente quantità di quella bevanda per esserne incomodato, dimenticò in breve quella circostanza, e non conservò nulla del sospetto istintivamente presentatosi alla sua mente.

Santa-Croce e la Marchesa, videro ch'era un colpo fallito, e, a rischio d'avvolgere parecchie persone nella loro vendetta, risolsero d'impiegare un altro mezzo.

Tre mesi scorsero senza trovare l'occasione favorevole; ma, finalmente, verso i primi d'aprile del 1670, il Procuratore generale condusse il fratello Deputato a passare le feste di Pasqua nella sua terra di Villequoy nel Beauce. Lachaussée seguì il padrone, e ricevette nuove istruzioni al momento di partire.

Il domani del loro arrivo alla campagna, si servì a tavola una torta di piccioncini: sette persone che ne mangiarono trovaronsi indisposte dopo il pranzo; tre che se n'erano astenute non provarono alcun incomodo.

Coloro sui quali la sostanza venefica aveva particolarmente agito erano il Procuratore generale, il Deputato ed il Cavaliere della guardia.

Sia ch'egli ne avesse mangiato in maggior quantità, o che la prova già fatta del veleno l'avesse predisposto ad una impressione maggiore, il Procuratore generale fu preso pel primo da' vomiti. Due ore dopo, il Deputato provò i medesimi sintomi; quanto al Cavaliere della guardia ed alle altre persone, furono in preda per alcuni giorni a dolori di stomaco orribili; ma il loro stato non presentò, fin dal principio lo stesso carattere di gravità di quello de' due fratelli.

Anche questa volta, come al solito, i soccorsi della medicina furono impotenti.

Il 12 aprile, vale a dire cinque giorni dopo l'avvelenamento, il Procuratore generale ed il Deputato tornarono a Parigi, entrambi sì cangiati, che pareva fossero usciti da una lunga e crudele malattia.

Madama di Brinvilliers era allora in campagna, e non ne tornò per tutto il tempo che durò la malattia de' fratelli.

Fin dal primo consulto, al quale il Procuratore generale fu assoggettato, ogni speranza da parte de' medici fu perduta.

Erano i sintomi del medesimo male cui avea soggiaciuto d'Aubray padre. Essi credettero ad una malattia ereditaria e sconosciuta, e dichiararono lo stato del malato disperato.

Infatti, la sua posizione andò sempre più peggiorando; egli aveva un'avversione insuperabile per ogni specie di carne, ed i suoi vomiti non cessavano.

Nei tre ultimi giorni della sua vita lagnavasi d'avere come un fuoco ardente nel petto, e la fiamma interna che lo divorava parea uscirgli dagli occhi, sola parte del corpo che restasse ancor viva, quando il resto non era già più che un cadavere.

Finalmente, il 17 giugno 1670 spirò; il veleno aveva impiegato settantadue giorni a compiere l'opera sua.

I sospetti cominciarono a spuntare; il cadavere fu sezionato, e steso il relativo processo verbale dell'autopsia. L'operazione fu fatta, in presenza de' signori Dupré e Durant, chirurghi, Gavart, farmacista, e di Bachot, medico ordinario de' due fratelli. Trovarono lo stomaco ed l'intestino tenue neri e tutt'a pezzi, ed il fegato cancrenato e bruciato.

Riconobbero che quegli accidenti avevano dovuto essere prodotti da veleno; ma siccome la presenza di certi umori arreca talvolta i medesimi fenomeni, non osarono affermare che la morte del Procuratore generale non fosse naturale, e fu sepolto senza fare ulteriori ricerche.

Bachot avea reclamato l'autopsia del fratello del Deputato, in specie qual medico di quest'ultimo.

Sembrava esso affetto dalla medesima malattia del maggiore, e il Dottore sperava trovare nella morte stessa armi per difendere la vita.

Il Deputato provava una febbre ardente, ed era in preda ad agitazioni d'animo e di corpo d'una violenza estrema e continua. Non trovava posizione alcuna cui potesse sopportare oltre qualche minuto.

Il letto era per lui un supplizio; e tuttavia, appena lo avea lasciato, lo ridomandava, per cangiare almeno di dolori.

Finalmente, dopo tre mesi, egli morì. Aveva lo stomaco, ed il fegato nel medesimo stato di disorganizzazione di quello del fratello, e per soprappiù il corpo bruciato esteriormente; ciò ch'era, dissero i medici, un segno non equivoco di veleno; benchè avvenga però, essi soggiunsero, che una calcolosi produca i medesimi effetti.

Circa a Lachaussée, fu tanto lontano dall'essere sospettato autore di quella morte, che il Deputato, riconoscente delle cure prestategli in quell'ultima malattia, gli lasciò in testamento un legato di cento scudi. Ricevette pure mille franchi da Santa-Croce e dalla Marchesa.

Tuttavia, tante morti in una sola famiglia, affliggevano non solo il cuore, ma spaventavano lo spirito.

La morte non è astiosa; è sorda e cieca, null'altro, ed ognuno stupiva del suo accanimento a distruggere tutto quello che portava un medesimo nome.

Niuno però sospettò i veri colpevoli. Gli sguardi si perdettero, le ricerche si smarrirono; la Marchesa vestì il lutto pe' fratelli, Santa-Croce continuò le sue pazze spese, e tutto procedè nel solito ordine.

V

Nel frattempo, Santa-Croce avea fatto conoscenza col signore di SaintLaurent, lo stesso del quale Penautier aveva agognata la carica senza poterla ottenere, e stretta amicizia con lui. Benchè, nell'intervallo, il signor Penautier avesse ereditato dal suocero Lesecq, morto quando meno se lo aspettavano, lasciandogli la seconda carica della Borsa di Linguadoca ed immensi beni, egli non aveva cessato dall'ambire il posto di ricevitore del clero.

In quella circostanza ancora il caso lo servì: alcuni giorni dopo aver ricevuto da Santa-Croce un nuovo servo per nome Giorgio, il SaintLaurent cadde malato, e la sua malattia presentò in breve i medesimi caratteri di gravità già notati in quella d'Aubray padre e figli; ma questa fu più rapida, poiché durò sole ventiquattr'ore.

Insomma, com'essi, il SaintLaurent morì in preda ad atroci dolori.

Lo stesso giorno un ufficiale della Corte sovrana venne per trovarlo, si fece narrare tutti i particolari della morte dell'amico, e dietro il racconto dei sintomi e degli accidenti, dichiarò dinanzi ai servi, al notaio Sainfray, che bisognava fare l'autopsia al cadavere.

Un'ora dopo Giorgio era scomparso senza dir nulla ad alcuno e senza chiedere il salario.

I sospetti aumentarono, ma anche questa volta rimasero nell'indeterminato.

L'autopsia presentò fenomeni generali, che non erano precisamente particolari al veleno; se non che gl'intestini, cui la sostanza mortale non avea avuto tempo di bruciare, come quelli dei d'Aubray, erano picchiettati di punti rossicci, simili a morsi di pulce.

Nel giugno 1669, Penautier ottenne la carica di SaintLaurent.

La vedova, a sua volta, aveva concepito sospetti che furono quasi convertiti in certezza per la fuga di Giorgio.

Una circostanza venne ancora a dar maggior forza a' suoi dubbî e ne fece una convinzione.

Un abate, amico del defunto, ed il quale conosceva la circostanza della scomparsa di Giorgio, lo incontrò pochi giorni dopo nella via de' Muratori, vicino alla Sorbona. Erano entrambi dallo stesso lato, ed un carro di fieno che percorreva la via faceva ostacolo in quel luogo.

Giorgio alzò il capo, scòrse l'abate, lo riconobbe per un amico del suo antico padrone, si cacciò sotto il carro, passò dall'altra parte, e, a rischio d'essere schiacciato, sfuggì alla vista d'un uomo il cui solo aspetto gli ricordava il proprio delitto e gliene faceva temere il gastigo.

Madama di SaintLaurent sporse querela contro Giorgio; ma, per quante ricerche si facessero di quell'uomo, non si potè trovarlo.

Intanto, il rumore di quelle strane morti, sconosciute, repentine, diffondevasi in Parigi, che cominciava a spaventarsene.

Santa-Croce, sempre elegante ed allegro cavaliere, sentì queste voci nei saloni che frequentava, e se ne inquietò.

Niun sospetto, è vero, concepivasi ancora contro di lui; ma però le precauzioni non erano inutili. Santa-Croce pensò a crearsi una posizione che non lo facesse tremar più.

Una carica nella casa del Re stava per divenir vacante; ella doveva costare centomila scudi.

Santa-Croce, come dicemmo, non avea alcuna risorsa apparente; non stette però guari a diffondersi la voce ch'egli fosse per comprarla.

Fu a Belleguise ch'egli si rivolse per trattare di quell'affare con Penautier. Esso trovò però da parte di questi qualche difficoltà.

La somma era forte; Penautier non aveva più bisogno di Santa-Croce. Aveva fatto tutte le eredità che contava fare; tentò dunque d'indurlo a rinunciare a quel progetto.

Ecco che cosa scrisse allora Santa-Croce a Belleguise:

"È mai possibile, mio caro, che occorra importunarvi tanto per un affare così bello, sì importante e sì grande come quello che voi sapete, e che può darci ad entrambi quiete e riposo per la vita?

"Per me, credo che il diavolo se ne immischi o che voi non vogliate ragionare.

"Ragionate dunque, mio caro, vi prego, e considerate la mia proposta in tutti i sensi: prendetela dal più cattivo lato del mondo, e troverete che voi dovete ancora soddisfarmi per quanto ho fatto nell'interesse vostro.

"Da ultimo, mio caro, aiutatemi, vi prego; siate ben persuaso d'una perfetta riconoscenza, e che mai non avrete fatto al mondo nulla di più gradevole per voi e per me.

"Lo sapete abbastanza, poichè ve ne parlo ancora con cuore più aperto che non abbia•fatto col mio proprio fratello.

"Se voi potete, venite dunque dopo pranzo, o sarò in casa, o nel vicinato, nel luogo che sapete o v'aspetterò domattina, o verrò a trovarvi secondo la vostra risposta. Sono tutto per voi e di tutto cuore".

L'alloggio di Santa-Croce era in via dei Bernardini, ed il luogo del vicinato dov'egli doveva aspettare Belleguise era la stanza da lui appigionata in casa della vedova Brunet, nel vicolo della piazza Maubert.

Era in quella stanza, ed in casa del farmacista Glazer, che Santa-Croce faceva i suoi esperimenti; ma, per un giusto compenso, quella manipolazione di veleni riuscì fatale ai preparatori.

Il farmacista ammalò e morì; Martin fu preso da vomiti terribili, che lo trassero all'agonia; Santa-Croce medesimo, indisposto, ma senza saperne la causa, non potendo più nemmeno uscire, tanto era grande la sua debolezza, fece trasportare un fornello da Glazer in casa propria, affine, sofferente com'era, di continuare le sue sperienze.

E infatti, Santa-Croce era in traccia d'un veleno così sottile, che la sola sua emanazione potesse uccidere.

Aveva udito parlare di quel tovagliuolo avvelenato col quale il giovane Delfino, fratello maggiore di Carlo VII, si era asciugato, giocando alla palla, ed il cui contatto gli aveva data la morte; e tradizioni tuttora recenti gli avevano raccontata la storia de' guanti di Giovanna d'Albret; cotesti segreti si erano perduti, e Santa-Croce sperava ritrovarli.

Accadde allora uno di quegli strani avvenimenti, che sembrano non già un accidente del caso, ma un gastigo del Cielo.

Nel momento in cui Santa-Croce, curvo sul fornello, vedeva la fatale preparazione giungere al più alto grado d'intensità, la maschera di vetro, onde si copriva il volto, per guarentirsi dai vapori mortiferi esalanti dal liquore in fusione, si staccò ad un tratto, e Santa-Croce cadde come colpito dal fulmine.

Nell'ora della cena, sua moglie, non vedendolo uscire dal gabinetto dov'era chiuso, andò a bussare all'uscio: niuno rispose; e, siccome ella sapeva che il marito si occupava di operazioni cupe e misteriose, temette che gli fosse accaduta qualche disgrazia.

Chiamò i servi, i quali sfondarono la porta, ed ella trovò Santa-Croce disteso a terra accanto al fornello, e colla maschera di vetro, rotta dietro di sè.

Non eravi mezzo di celare al pubblico le circostanze di quella morte improvvisa e strana. I servi avevano veduto il cadavere, e potevano parlare.

Il commissario Picard fu chiamato per porre i suggelli, e la vedova s'accontentò di far scomparire il fornello ed i rottami della maschera.

La voce del fatto si diffuse in breve per tutta Parigi; Santa-Croce era conosciutissimo, e la nuova che stava per comprare una carica alla Corte, ne aveva diffuso ancor più il nome.

Lachaussée seppe, fra i primi, la morte del padrone, ed avendo saputo che si erano posti i suggelli sul suo gabinetto, s'affrettò di formulare un'opposizione in questi termini:

"Opposizione di Lachaussée, che ha detto trovarsi da sette anni al servizio del defunto; che gli ha dato in custodia, or son due anni, cento pistole e cento scudi, che debbono essere in un sacco di tela, dietro la finestra, del gabinetto, e nel quale è anche un biglietto del come la detta somma appartenga a lui, con una cessione d'una somma di trecento lire dovutagli dal fu deputato signor d'Aubray. Una cessione fatta da lui a Laserre, e tre quitanze del suo padrone di cento lire ciascuna; le quali somme e carte egli reclama".

Fu risposto a Lachaussée che aspettasse il giorno in cui sarebbero tolti i suggelli, e che, se tutto era, com'egli diceva, quanto appartenevagli verrebbe restituito.

Non pertanto Lachaussée non era il solo che si fosse commosso per la morte di Santa-Croce; la Marchesa, esperta conoscitrice di tutti i segreti del fatale gabinetto, era corsa dal Commissario, fin da quando conobbe quell'avvenimento, e, benchè fossero le dieci di sera, aveva chiesto di parlargli; ma le fu risposto da un commesso, che il Commissario era già a letto. La Marchesa aveva allora insistito, pregando che lo destassero, e reclamando una cassetta ch'ella voleva riavere senza che fosse aperta.

Il commesso era per conseguenza salito nella stanza da letto di Picard; ma discese tosto, dicendo che quanto ella domandava era impossibile in quel punto, stante che il Commissario dormiva.

La Brinvilliers, vedendo inutili le sue istanze, si era allora ritirata, dicendo che manderebbe il domani un uomo a prenderla.

Infatti, cotest'uomo venne la mattina dopo offrendo, da parte della Marchesa, cinquanta luigi al Commissario se voleva restituirle la cassetta; ma questi aveva risposto che la cassetta era sotto sigillo, che sarebbe aperta quando questi verrebbero tolti, e che se gli oggetti richiesti dalla Marchesa fossero proprio di lei, le sarebbero restituiti fedelmente.

Questa risposta fu un colpo di fulmine per la Marchesa.

Non vi era tempo da perdere; tornò in tutta fretta alla via San Paolo, dove abitava, in un villino, e la stessa sera partì per Liegi, dove giunse il giorno dopo, e si ritirò in un convento.

Eransi apposti i suggelli in casa Santa-Croce il 31 luglio 1672, e si procedette a levarli l'8 agosto seguente.

Mentre si cominciava l'operazione, un procuratore, incaricato con pieni poteri dalla Marchesa, comparve, e fece inserire quest'atto nel processo verbale:

"È comparso Alessandro Delamarre, procuratore della signora di Brinvilliers, il quale ha dichiarato che se, nella detta cassetta, reclamata dalla sua mandataria, si trovasse una promessa firmata da lei per la somma di trentamila lire, è una carta statale carpita, contro la quale, in caso che la sua firma fosse vera, intende provvedervi per farla dichiarare nulla".

Sodisfatta questa formalità, si procedette all'apertura del gabinetto di Santa-Croce, e la chiave ne fu presentata al commissario Picard da un carmelitano chiamato frà Vittorino.

Il Commissario aprì l'uscio; le parti interessate, gli ufficiali e la vedova entrarono con lui, e si cominciò col porre le scritture da parte, onde esaminarle con ordine ed attenzione.

Mentre si occupavano in ciò, saltò fuori un rotolino, sul quale stavano scritte queste due parole: Mia confessione.

Tutti gli astanti, non avendo ancora alcun motivo di credere il Santa-Croce un birbante, decisero allora che quella carta non dovesse esser letta.

Il sostituto del procuratore generale, consultato a tal proposito, fu di questo parere, e la confessione di Santa-Croce fu bruciata.

Compiuto codest'atto di coscienza, si procedette all'inventario.

VI.

Uno de' primi oggetti che colpirono gli occhi degli ufficiali fu la cassetta reclamata dalla Brinvilliers.

Le di lei istanze avevano destata la curiosità, di modo che si cominciò coll'aprire la cassetta, e ognuno si accostò per sapere quanto conteneva.

Noi lasceremo parlare il processo verbale; nulla è più potente e terribile, in simili casi, quanto l'atto ufficiale stesso:

"Nel gabinetto di Santa-Croce si rinvenne una cassettina d'un piede quadrato circa, aperta la quale si trovò un mezzo foglio di carta in titolato: Mio testamento, scritto da una parte sola, e contenente queste parole:

"Supplico umilmente quelli o quelle fra le cui mani venisse a cadere questa cassetta, di farmi la grazia di volerla consegnare subito nelle proprie mani della signora marchesa di Brinvilliers, abitante nella via San Paolo, attesochè tutto quanto contiene la risguarda ed appartiene a lei sola, non essendovi d'altronde nulla d'alcuna utilità per nessuno affatto; e nel caso ch'ella fosse morta prima di me, di bruciare la detta cassetta con tutto ciò che trovasi dentro, senza aprirla.

"E perchè non si pretesti causa d'ignoranza, giuro sul Dio che adoro, e per tutto quanto havvi di più sacro che, non ho asserito nulla che non sia vero.

"Se per caso si contravvenisse alle mie intenzioni, tutte giuste e ragionevoli, a tal proposito, ne aggravo, in questo mondo e nell'altro, la loro coscienza, protestando che è l'ultima mia volontà.

"Fatto a Parigi, oggi 25 maggio dopo mezzodì 1672.

"Firmato: SANTA-CROCE".

E sotto erano scritte queste parole:

"V'è inoltre un pacchetto diretto al signor Penautier che prego di restituire".

Si comprende come un simile esordio non facesse che accrescere l'interesse di quella scena: sorse un mormorìo di curiosità; poi, ristabilitosi il silenzio, l'inventario continuò in questi termini:

"Si è trovato un pacchetto suggellato con otto sigilli improntati di diversi stemmi, sul quale sta scritto:

"Carte da essere bruciate in caso di morte, non essendo d'alcuna importanza per nessuno.

"Io supplico umilmente coloro fra le cui mani cadessero, di bruciarle senza prima aprire il pacchetto.

"In un pacchetto si trovarono due rinvoltini di droga di sublimato.

"In un altro pacchetto suggellato con dieci sigilli a parecchie armi, si sono trovati tre rinvoltini contenenti una mezz'oncia di sublimato, l'altro due once di vitriolo romano, ed il terzo, vitriolo calcinato.

"Nella cassetta fu trovata una grossa boccia quadra della capacità di un litro, piena d'acqua chiara, la quale, osservata dal signor Moreau, medico, ha dichiarato non poterne designare la qualità finchè non se ne sia fatta la prova.

"Un'altra boccia di due bicchieri di acqua chiara, nel fondo della quale vi era un sedimento biancastro. Moreau ha fatto le medesime dichiarazioni come sulla precedente.

"Un vasettino di maiolica, nel quale erano due o tre grossi d'oppio.

"Una carta piegata contenente due grammi di sublimato corrosivo in polvere.

"Più una scatoletta in cui si è trovata una specie di pietra, chiamata pietra infernale.

"Una carta contenente un oncia d'oppio.

"Un pezzo di regolo d'antimonio del peso di tre once.

"Un pacchetto di polvere, sul quale stava scritto: Per fermare la perdita di sangue delle donne. Moreau ha detto che erano fiori di cotogno e bottoni di cotogno secchi.

"Fu trovato un pacchetto con sei sigilli, sul quale era scritto: Carte da bruciarsi in caso di morte, nel quale si rinvennero trentaquattro lettere, che erano firmate dalla signora di Brinvilliers.

"Un altro pacchetto a sei sigilli, sul quale era scritto l'eguale iscrizione come sopra, nel quale si trovarono ventisette foglietti di carta, sopra ognuno de' quali era scritto: Parecchi segreti curiosi.

"Un involto contenente settantacinque lettere dirette a diverse persone.

"Oltre a questi oggetti si trovarono nella cassetta due obbligazioni: una della marchesa di Brinvilliers, l'altra di Penautier: la prima di trentamila franchi, la seconda di diecimila; quella corrispondente all'epoca della morte del signor d'Aubray padre, questa all'epoca della morte del signor di SaintLaurent".

La differenza delle somme fa vedere che Santa-Croce aveva una tariffa, e che il parricidio costava più caro dell'assassinio.

Cosicchè Santa-Croce, morendo, legava i suoi veleni all'amante ed all'amico; non gli bastando i delitti passati, voleva ancora esser complice dei delitti futuri.

Prima cura degli ufficiali civili fu di sottoporre quelle diverse sostanze all'analisi, e fare con esse esperienze sopra diversi animali.

Ecco il rapporto di Guido Simon, farmacista, incaricato di quell'esame e di quelle prove:

"Questo veleno artificioso sfugge alle ricerche che si voglion fare. Egli è così occulto, che non si può riconoscerlo, sì sottile che inganna l'arte, sì penetrante, che sfugge alla capacità de' medici; sovra questo veleno le esperienze sono false, le regole erronee, gli aforismi ridicoli.

"Le esperienze più sicure e più comuni si fanno cogli elementi o sugli animali.

"Nell'acqua, il peso del veleno ordinario, lo getta al fondo; essa è superiore, egli obbedisce si precipita e va di sotto.

"La prova del fuoco non è meno sicura. Il fuoco evapora, scioglie, consuma ciò che vi è d'innocente e di puro, non lasciando se non una materia acre e piccante, che sola resiste alla sua azione.

"Gli effetti prodotti dal veleno sugli animali sono ancor più sensibili. Egli porta la sua malignità in tutte le parti dove si distribuisce, e vizia tutto quello che tocca; brucia e corrode d'un fuoco strano e violento tutte le viscere.

"Il veleno di Santa-Croce ha passato per tutte le prove e si ride di tutte le esperienze. Questo veleno galleggia sull'acqua, è superiore, ed è desso che fa obbedire questo elemento. Si sottrae all'esperienza del fuoco, dove non lascia se non una materia acre. Negli animali si nasconde con tanta arte e destrezza, che non si può riconoscerlo: tutte le parti dell'animale si mantengono sane e vive mentre che vi fa scorrere una sorgente di morte. Questo artificioso veleno vi lascia l'immagine e i segni della salute.

"Furono fatte prove d'ogni maniera: la prima versando alcune gocce d'un liquido trovato, in una delle bocce contenenti olio di tartaro od acqua marina, e nulla si è precipitato sul fondo de' vasi nei quali il liquido venne versato; la seconda, ponendo il medesimo liquido in un vaso e non si trovò nel fondo alcuna materia arida, nè acre alla lingua, e quasi niente di sale fisso; la terza sovra un tacchino, un colombo, un cane ed altri animali, i quali essendo morti alcun tempo dopo, sezionati che furono, non si trovò in tutto l'organismo se non un poco di sangue coagulato nel cuore.

"Fatta un'altra prova con una polvere bianca, data ad un gatto nelle frattaglie di montone, questo vomitò per una mezz'ora e, trovato morto il domani, fu sezionato, senza essersi rinvenuta alcuna parte alterata dal veleno."

"Fatta una seconda prova della medesima polvere sopra un colombo, ne morì alcun tempo dopo; ma non fu trovato nulla di particolare nei suoi intestini all'infuori di un po' d'acqua rossa nello stomaco".

VII

Questi esperimenti, provando che Santa-Croce era un profondo chimico, fecero nascere l'idea ch'egli non si dedicasse gratuitamente a quest'arte. Quelle morti repentine ed inaspettate tornarono alla mente di tutti. Quelle obbligazioni della Marchesa e di Penautier, parvero il prezzo del sangue; e siccome la prima era assente, e l'altro troppo potente e troppo ricco per ardire d'arrestarlo senza prove, si ricordarono dell'opposizione di Lachaussée.

Era detto in quell'opposizione come da sette anni questi fosse al servizio di Santa-Croce; dunque Lachaussée non risguardava come un'interruzione a cotesto servizio il tempo da lui passato in casa dei d'Aubry.

Il sacco contenente le mille pistole e le tre obbligazioni da cento lire, era stato trovato nel posto indicato. Dunque, Lachaussée avea perfetta conoscenza delle località di quel gabinetto. Se egli conosceva il gabinetto, doveva conoscere la cassetta; se conosceva la cassetta, non poteva essere innocente.

Questi indizi bastarono perchè la signora Mangot di Villarceaux, vedova del signor d'Aubray figlio, procuratore generale, sporgesse querela contro di lui. In conseguenza di questa istanza, fu spiccato un ordine d'arresto contro Lachaussée, che fu catturato.

Nel momento dell'arresto gli si trovò indosso del veleno.

La causa fu portata dinanzi al Tribunale. Lachaussée negò con ostinazione, ed i giudici, non avendo bastanti prove contro di lui, lo condannarono alla tortura.

La signora Mangot di Villarceaux si appellò d'un giudizio che salvava probabilmente il colpevole, se aveva la forza di resistere ai dolori e di non confessare nulla; e in virtù di quest'appello un decreto del Parlamento, in data 4 marzo 1673, dichiarò: Giovanni Amelin, detto Lachaussée, incolpato e convinto d'aver avvelenato il Procuratore generale ed il Deputato; in pena del qual reato, fu condannato ad essere mazzolato vivo e a spirare sulla ruota, assoggettandolo però prima alla tortura ordinaria e straordinaria, per avere rivelazione de' suoi complici.

Col medesimo decreto, la marchesa di Brinvilliers fu condannata in contumacia, ad avere tronca la testa.

Lachaussée subì la tortura dello stivaletto, consistente nel legare ciascuna gamba del condannato fra due assi, e riavvicinare le due gambe l'una all'altra con un anello di ferro, e cacciar biette tra le assi del mezzo a martellate. La tortura ordinaria era di quattro biette, la straordinaria di otto.

Alla terza bietta, Lachaussée dichiarò d'esser pronto a parlare; per conseguenza la tortura fu sospesa; poscia lo portarono sopra una materassa distesa nel coro della cappella, e quivi, essendo egli debolissimo, e potendo appena parlare, chiese mezz'ora per riaversi.

Ecco l'estratto medesimo del processo verbale della tortura e del supplizio:

"Sospesa la tortura, e posto Lachaussée sulla materassa, il signor referendario, essendosi ritirato, mezz'ora dopo Lachaussée lo fece pregare di tornare. E a lui disse ch'era colpevole; che Santa-Croce gli aveva detto che aveva somministrato i veleni alla signora di Brinvilliers per avvelenare i di lei fratelli; che essa li aveva avvelenati, mescolando le sostanze all'acqua e al brodo; di aver posto dell'acqua rossiccia nel bicchiere del Procuratore generale, a Parigi, e dell'acqua chiara nella torta di Villequoy; che Santa-Croce gli aveva promesso cento pistole e di tenerlo sempre con sè; che andava a rendergli conto dell'effetto de' veleni; che Santa-Croce gli aveva dato di dette acque molte volte.

"Che Santa-Croce gli disse che la signora di Brinvilliers non sapeva nulla degli altri suoi avvelenamenti, ma egli crede ch'ella lo sapesse; ch'ella voleva costringerlo a fuggire e dargli due scudi per andarsene; ch'ella gli domandava dove fosse la cassetta e che cosa vi fosse dentro; che se Santa-Croce avesse potuto porre qualcuno presso madama d'Aubray, la vedova del Procuratore generale, l'avrebbe forse fatta avvelenare anch'essa; da ultimo, che Santa-Croce avea cupide mire sulla signorina d'Aubray".

Questa dichiarazione, che non lasciava alcun dubbio, diè luogo al decreto seguente, che noi ricaviamo dagli Atti del Parlamento:

"Visto il processo verbale della tortura ed esecuzione di morte, del giorno 24 del presente marzo 1673, contenente le dichiarazioni e confessioni di Giovanni Amelin detto Lachaussée; la Corte, ha ordinato che i signori: Belleguise, Martin, Poitevin, Olivier, il padre Véron, la moglie del signor Quesdon, parrucchiere, siano citati a comparire alla Corte, per essere sentiti ed interrogati sulle circostanze risultanti dal processo, davanti al consiglierere latore della presente sentenza. Ordina che il mandato d'arresto contro il nominato Mapierre, e la citazione contro Penautier per essere sentito, spiccati dal giudice criminale, siano immediatamente eseguiti.

"Fatto in Parlamento, il 27 marzo 1673".

In vista di questa sentenza, i giorni 21, 22 e 24 aprile, Penautier, Martin e Belleguise furono interrogati.

Il 26 luglio, Penautier venne esentato dalla citazione. Si ordinò di procedere più rigorosamente contro Belleguise, e si spiccò un mandato d'arresto contro Martin.

Fino dal 22 marzo, Lachaussée era stato arruotato in piazza della Grève.

Quanto ad Esili, il principio d'ogni male, era scomparso, e nessuno ne aveva più udito parlare.

Verso la fine dell'anno, Martin fu messo in libertà per mancanza di prove.

Intanto, la marchesa di Brinvilliers era sempre a Liegi, e, benchè ritirata in un convento, non aveva rinunciato per questo ai piaceri della vita mondana. Consolata in breve tempo della morte di Santa-Croce (che avea però amato a segno d'aver voluto uccidersi per lui), ella gli aveva dato per successore certo Therias, sul quale ci fu impossibile trovare altre indicazioni, fuorchè il suo nome più volte ripetuto nel processo.

Come si è veduto, tutti i gravami dell'accusa erano successivamente ricaduti su di lei; laonde fu deciso di andarla a cercare nel ritiro dov'ella si credeva in sicurezza.

Era una missione difficile e soprattutto delicata; Desgrais, uno de' più abili ufficiali di polizia, si presentò per eseguirlo.

Era un bel uomo di trentasei o trentotto anni, il cui aspetto non lasciava intravedere un agente di polizia. Vestiva tutte le fogge colla medesima disinvoltura, e sapeva percorrere tutti i gradi della scala sociale ne' suoi travestimenti, dallo scroccone fino al gran signore. Era l'uomo opportuno, cosicchè fu accettato.

Per conseguenza egli partì per Liegi, scortato da parecchi gendarmi, e munito d'una lettera del Re diretta al Consiglio de' sessanta della città, colla quale Luigi XIV reclamava la rea per farla punire.

Dopo avere esaminata la procedura della quale Desgrais aveva avuto cura di munirsi, il Consiglio autorizzò l'estradizione della Marchesa.

Era già molto, ma non abbastanza ancora. La Marchesa, come abbiam detto, aveva cercato asilo in un convento, dove Desgrais non ardiva arrestarla a viva forza, per due ragioni: la prima, perch'ella poteva essere avvisata a tempo, e nascondersi in qualcuno di que' recessi claustrali, di cui le superiore sole hanno il segreto; la seconda, perchè in una città religiosa come Liegi, la pubblicità, che certo avrebbe accompagnato tale avvenimento, poteva essere riguardata quale una profanazione, e produrre qualche tumulto popolare, la mercè del quale sarebbe stato possibile alla Marchesa di fuggirgli.

Desgrais fece la visita della sua guardaroba, e, credendo che un vestito da abate fosse il più acconcio ad allontanare da sè ogni sospetto, si presentò alle porte del convento come un compatriotta giunto da Roma, e che non aveva voluto passare per Liegi, senza presentare i suoi omaggi ad una donna tanto celebre per bellezza e sventure, quale era la Marchesa.

Desgrais avea tutti i modi d'un cadetto di buona famiglia: era adulatore come un cortigiano, ed audace come un moschettiere. In quella prima visita, fu incantevole per lo spirito e l'impertinenza; cosicchè ottenne, più facilmente che non sperasse, di farne una seconda.

Questa seconda visita non si fece aspettare; Desgrais si presentò il giorno dopo.

Una simile premura riusciva assai lusinghiera per la Marchesa. Egli dunque fu accolto meglio del giorno prima.

Donna di spirito e d'ingegno, priva da più d'un anno d'ogni comunicazione colle persone d'un certo ceto, la Marchesa ritrovava in Desgrais le sue abitudini parigine.

Per mala ventura, il leggiadro Abate doveva lasciar Liegi fra pochi giorni. Egli si dimostrò più incalzante, e la visita del domani fu chiesta ed accordata con tutte le forme d'un appuntamento.

Desgrais fu esatto: la Marchesa lo aspettava con impazienza; ma, per una riunione di circostanze, che Desgrais aveva certo apparecchiate, il colloquio amoroso fu disturbato due o tre volte, nel momento appunto in cui, diventando più intimo, temeva vieppiù i testimonî.

Desgrais si lagnò di simile importunità; d'altronde, essa comprometteva la Marchesa e sè stesso, dovendo usar riguardi all'abito che portava.

Supplicò la Marchesa d'accordargli un abboccamento fuori di città, in un luogo del pubblico passeggio abbastanza poco frequentato, ond'essi non avessero a temere d'essere riconosciuti o seguiti. La Marchesa non resistette, se non quanto occorreva per dare maggior pregio al favore che accordava, e l'appuntamento fu stabilito per la sera stessa.

Giunta la sera, da entrambi aspettata colla medesima impazienza, ma in una speranza ben diversa, la Marchesa trovò Desgrais al luogo convenuto. Questi le offerse il braccio: poi, quando le tenne la mano nella sua, fece un segno, i gendarmi comparvero, l'amante depose la maschera, e Desgrais si fe' conoscere; la Marchesa era prigioniera.

Desgrais lasciò la Brinvilliers nelle mani de' gendarmi e corse in tutta fretta al convento.

Fu soltanto allora che mostrò l'ordine dei Sessanta, mediante il quale si fece aprire la stanza della Marchesa. Egli trovò sotto il letto una cassetta, di cui s'impadronì, e sulla quale appose i sigilli; poi venne a raggiunger i suoi, e diè ordine di partire.

Quando la Brinvilliers vide la cassetta fra le mani di Desgrais, parve sulle prime confusa; poi, riavendosi poco stante, reclamò una carta ivi racchiusa, contenente la sua confessione.

Desgrais rifiutò, e mentre voltavasi per far avanzare la carrozza, la Marchesa tentò strangolarsi, inghiottendo uno spillo; ma un gendarme, per nome Claudio Rolla, s'accòrse dell'intenzione di lei, e riuscì a levarglielo di bocca.

Desgrais ordinò di raddoppiare di vigilanza.

Si fermarono per cenare: il gendarme Antonio Barbier, assisteva alla cena, e vegliava perchè non si ponesse sulla tavola nè coltello, nè forchetta, nè altro strumento col quale la Marchesa potesse uccidersi o ferirsi. La Brinvilliers, portando il bicchiere alla bocca, come per bere, ne ruppe un pezzo fra i denti. Il gendarme se ne accòrse a tempo, e la costrinse a rigettarlo sul piatto. Allora ella gli disse che, se acconsentiva a salvarla farebbe la di lui fortuna. Egli le chiese che cosa occorresse fare a tal uopo. La Marchesa gli propose di assassinare Desgrais; ma egli ricusò, dicendole che, per tutt'altra cosa sarebbe al di lei servizio. Per conseguenza, ella gli chiese penna e carta, e scrisse questa lettera:

"Mio caro Therias. Sono fra le mani di Desgrais, che mi fa seguire la strada da Liegi a Parigi. Vieni in fretta a liberarmi".

Barbier prese la lettera, promettendo di farla recapitare al suo indirizzo; ma la consegnò invece a Desgrais.

Il domani, trovando che quella lettera non era abbastanza pressante, gliene scrisse una seconda, nella quale gli diceva: che, essendo la scorta composta di sole otto persone, poteva essere facilmente disfatta da quattro o cinque uomini risoluti, e ch'ella contava su di lui per quel colpo di mano.

Finalmente, inquieta di non ricevere alcuna risposta e non veder l'effetto de' suoi dispacci, spedì una terza missiva a Therias. In questa, gli raccomandava, sull'anima sua, se non era abbastanza forte per attaccare la scorta e liberarla, di uccidere almeno due dei quattro cavalli che la conducevano, e d'approfittare del momento di confusione cui produrrebbe quel sinistro, per impadronirsi della cassetta e gettarla nel fuoco; altrimenti, diceva ella, era perduta.

Benchè Therias non avesse ricevuta alcuna di quelle tre lettere, che erano state successivamente consegnate dal Barbier a Desgrais, pure si trovò di suo motuproprio a Maestricht, per dove la Marchesa doveva passare.

Quivi tentò di corrompere i gendarmi, offrendo loro fino diecimila lire; ma questi furono incorruttibili.

A Rocroy il corteggio incontrò il deputato Palluau, inviato dal Parlamento incontro alla prigioniera, per interrogarla nel momento in cui, meno aspettandoselo, non avrebbe avuto il tempo di meditare le risposte.

Desgrais lo mise al fatto dell'accaduto e gli raccomandò specialmente la famosa cassetta, oggetto di tante inquietudini e di sì vive raccomandazioni.

Palluau l'aperse e vi trovò, fra le altre cose, una carta intitolata: Mia confessione.

Questa confessione era una strana prova del bisogno che hanno i colpevoli di deporre i loro delitti nel seno degli uomini o nella misericordia di Dio.

VIII

Già, come vedemmo, Santa-Croce avea scritto una confessione ch'era stata bruciata, ed ecco la Marchesa commettere a sua volta la medesima imprudenza! Del resto, quella confessione, che conteneva sette articoli, cominciava con queste parole:

Io mi confesso a Dio, ed a voi padre mio. Era una confessione completa di tutti i delitti da lei commessi.

Nel primo articolo, s'accusava d'essere stata incendiaria.

Nel secondo, d'aver cessato d'esser ragazza a sette anni.

Nel terzo, si addebitava l'avvelenamento del proprio padre.

Nel quarto, d'aver avvelenato i suoi due fratelli.

Nel quinto, si imputava il tentato avvelenamento di sua sorella, monaca nelle carmelitane.

I due altri articoli, erano consacrati al racconto di oscenità bizzarre e mostruose.

Quella donna partecipava della natura di Messalina; l'antichità non ci aveva offerto nulla di meglio.

Palluau, forte della conoscenza di questo documento importante, cominciò tosto l'interrogatorio.

Noi lo riferiamo testualmente, lieti sempre ogniqualvolta potremo sostituire gli atti ufficiali al nostro proprio racconto.

Richiesta perchè fosse fuggita a Liegi.

- Ha detto essersi ritirata di Francia in causa degli affari che aveva colla cognata.

Interrogata se avesse conoscenza delle carte che si trovavano nella sua cassetta.

- Ha risposto che, nella sua cassetta, vi sono parecchie carte di famiglia, e fra queste una confessione generale ch'ella voleva fare; ma che, quando la scrisse, aveva l'animo disperato; non può dire ciò che abbia scritto, non sapendo che cosa facesse, avendo le mente alterata, vedendosi in paesi stranieri, senza soccorso de' suoi parenti, e ridotta a farsi prestare uno scudo.

Richiesta, sul primo articolo della sua confessione, a quale casa avesse fatto porre il fuoco.

– Ha detto non averlo fatto, e che quando scriveva simil cosa, aveva il cervello sconvolto.

Interrogata sopra i sei altri articoli della sua confessione.

– Ha risposto che non sa che cosa siano, e non si ricorda di nulla.

Domandatole se avesse avvelenato il padre ed i fratelli.

– Ha negato assolutamente.

Interrogata se fosse stato Lachaussée l'avvelenatore dei fratelli.

– Ha dichiarato non saperne nulla.

Richiesta se non sapesse che sua sorella doveva vivere a lungo, pel motivo ch'era stata avvelenata.

– Ha detto che lo prevedeva, perchè sua sorella andava soggetta agli stessi incomodi dei fratelli; ch'ella ha perduta la memoria dal tempo in cui scrisse la sua confessione, e dichiara essere uscita di Francia per consiglio de' suoi parenti.

Interrogata perchè quel consiglio le fosse stato dato da' suoi parenti.

– Ha risposto ch'era in causa dell'affare de' suoi fratelli; confessa aver veduto Santa-Croce, dopo uscito dalla Bastiglia.

Alla domanda se Santa-Croce non l'avesse persuasa a disfarsi del padre.

– Ha detto non ricordarsene, non rammentandosi neppure se Santa-Croce le abbia dato polveri, od altre droghe, nè se Santa-Croce le abbia detto che sapeva il modo di renderla ricca.

Presentate a lei le otto lettere, ed intimatole di dire a chi le scrivesse.

– Ha dichiarato di non ricordarsene....

Interrogata perchè avesse fatta una promessa di trentamila lire a Santa-Croce.

– Ha detto ch'ella pretendeva porre quella somma nelle mani di Santa-Croce per servirsene quando ne avesse avuto bisogno, credendolo suo amico; ch'ella non voleva che ciò fosse palese, in causa de' suoi creditori; che aveva una ricevuta del Santa-Croce che poi smarrì in viaggio, e che suo marito non sapeva nulla di quella promessa.

Richiesta se la promessa fosse stata fatta prima o dopo la morte de' suoi fratelli.

– Ha risposto di non ricordarsene, e che ciò non fa nulla alla cosa.

Interrogata se conoscesse un farmacista per nome Glazer.

– Ha asserito d'essere stata tre volte da lui per le sue flussioni.

Alla domanda perchè avesse scritto a Therias di rapire la cassetta.

– Ha risposto non sapere di che si trattava.

Interrogata perchè, scrivendo a Therias, diceva ch'era perduta, se egli non impadronivasi della cassetta e del processo.

– Ha detto di non ricordarsene.

Richiesta se si fosse accorta, durante il viaggio ad Offemont, de' primi sintomi della malattia del padre.

– Ha dichiarato non essersi accorta che suo padre si fosse sentito male nel 1666, nel viaggio d'Offemont, nè all'andata, nè al ritorno.

Interrogata se avesse avuto interessi con Penautier.

– Ha detto non avere avuto relazione con Penautier se non per trentamila lire ch'egli le doveva.

Infine richiesta in qual modo Penautier le dovesse trentamila lire.

– Ha risposto ch'essa e suo marito avevano prestato cinquemila scudi a Penautier, ch'egli ha loro restituita quella somma, e che, dopo il rimborso, essi non hanno avuto con lui relazione alcuna.

La Marchesa si chiudeva, come si vede, in un sistema completo di negativa.

Giunta a Parigi, e carcerata alla Conciergerie, continuò a mantenersi negativa; ma in breve ai gravami terribili che già pesavano su lei vennero ad unirsene dei nuovi.

Il sergente Cluet depose:

"Che, vedendo Lachaussée servire di lacchè al signore d'Aubray, deputato, che aveva pure veduto al servizio di Santa-Croce, disse alla Brinvilliers, che se il Procuratore generale sapesse che Lachaussée fosse stato al servizio di Santa-Croce, non lo avrebbe gradito; che allora la detta signora di Brinvilliers, esclamò:

"– Dio buono, non lo dite a' miei fratelli, chè lo bastonerebbero, e val meglio che guadagni egli qualche cosa, anzichè un altro.

"Non ne disse dunque nulla ai detti signori d'Aubray, benchè vedesse Lachaussée andare tutti i giorni da Santa-Croce e in casa della signora di Brinvilliers, la quale blandiva quest'ultimo per avere la sua cassetta, e ch'ella voleva che Santa-Croce le restituisse il suo biglietto di due o tremila pistole, altrimenti lo farebbe stilettare; ch'ella aveva detto desiderar molto che non si vedesse il contenuto della detta cassetta; essere cosa di grande importanza, e riguardante lei sola.

"Il testimonio soggiunse che, dopo l'apertura della cassetta, aveva riferito alla detta signora come il commissario Picard avesse detto a Lachaussée che si erano trovate strane cose; che allora la Brinvilliers arrossì e mutò discorso. Egli le chiese se non fosse complice; ella rispose:

"– Perchè, io?

"Poi soggiunse, come parlando seco stessa:

"– Converrebbe mandare Lachaussée in Picardia.

"Disse ancora il deponente esser molto tempo ch'ella s'affannava dietro a Santa-Croce per avere la detta cassetta, e s'ella la poteva avere, l'avrebbe fatto scannare.

"Quel testimonio soggiunse inoltre, che avendo detto a Briancourt come Lachaussée fosse preso, e che certo egli direbbe tutto, Briancourt aveva risposto, parlando della Brinvilliers:

"– È una donna perduta.

"Che la signorina d'Aubray avendo detto che Briancourt era un briccone, egli, Briancourt, aveva risposto che la signorina d'Aubray non sapeva qual obbligo gli dovesse; essersi voluto avvelenar lei e la moglie del Procuratore generale, ed essere stato egli ad impedire il colpo.

"Ha sentito dire da Briancourt che la signora di Brinvilliers diceva spesso esservi mezzi di disfarsi delle persone quando dispiacevano, e darsi loro una pistolettata in un brodo".

Emma Huet, maritata Briscien, depose:

"Che Santa-Croce andava tutti i giorni dalla signora di Brinvilliers, e che, in una cassetta appartenente alla detta signora, ella avea veduto due scatolette contenenti sublimato in polvere ed in pasta, cui ella ben riconobbe, essendo figlia di un farmacista. Aggiunse che la detta signora di Brinvilliers, avendo un giorno pranzato in sua compagnia ed essendo allegra, le mostrò una scatoletta, dicendole:

"– Ecco di che vendicarsi de' propri nemici; e questa scatola non è grande, ma è piena di eredità.

"Ch'ella le consegnò allora quella scatola fra le mani; ma che, riavuta in breve dalla sua allegria, esclamò:

"– Buon Dio! che vi ho detto io mai? non lo ripetete ad alcuno.

"Che Lambert, scrivano del Tribunale, le aveva detto di aver portate le due scatolette alla signora di Brinvilliers da parte di Santa-Croce; che Lachaussée andava spesso da lei, e che, non essendo pagata, ella, la Briscien, di dieci pistole, a lei dovute dalla Brinvilliers andò a lagnarsene con Santa-Croce, e minacciò di dire al Procuratore generale quanto aveva veduto; talchè le furono date le dieci pistole. Che Santa-Croce e la detta Brinvilliers avevano sempre veleno indosso, per servirsene nel caso che fossero presi".

Lorenzo Perrette, abitante in casa di Glazer, farmacista, dichiarò:

"Di avere spesso veduto una signora venire dal suo padrone in compagnia di Santa-Croce; che il servitore gli disse che quella signora era la marchesa di Brinvilliers; ch'egli avrebbe scommesso la testa che esse cercavano veleno da Glazer; che quando venivano lasciavano la loro carrozza al Mercato di San Germano".

Maria di Villeray, signorina di compagnia della detta Brinvilliers, depose:

"Che dopo la morte del signor d'Aubray, deputato, Lachaussée venne a trovare la detta signora di Brinvilliers, e le parlò in segretezza; che Briancourt le disse che la detta signora faceva morire delle oneste persone; che egli, Briancourt, prendeva tutti i giorni orvietano, per paura di venire avvelenato, ed esser certo che a quella sola precauzione egli doveva d'essere ancora in vita; ma che temeva di venir pugnalato a motivo ch'ella gli aveva detto il suo segreto circa l'avvelenamento; che bisognava avvertire la signorina d'Aubray che si voleva avvelenarla; che si avevano simili disegni sopra l'aio de' figli del signor di Brinvilliers,

"Aggiunse Maria di Villeray, che due giorni dopo la morte del deputato mentre Lachaussée era nella stanza da letto della Brinvilliers, essendo stato annunziato Cousté, segretario del fu Procuratore generale, ella fece nascondere Lachaussée sotto il letto. Lachaussée portava alla Marchesa una lettera di Santa-Croce".

Francesco Desgrais, commissario di polizia, testimoniò:

"Che, essendo incaricato per ordine del Re, egli arrestò a Liegi la signora di Brinvilliers: trovò sotto il letto di lei una cassetta, che sigillò. La detta signora gli chiese una carta che vi si trovava, e ch'era la sua confessione, ma ch'egli gliela rifiutò. Che per le strade che percorrevano insieme per venire a Parigi, la Brinvilliers gli disse che credeva fosse Glazer, che preparava i veleni a Santa-Croce; che questi, avendole dato un giorno appuntamento al crocevia Sant'Onorato, le mostrò quattro boccettine, e le disse:

"– Ecco ciò che mi ha mandato Glazer. Ella gliene chiese una; ma Santa-Croce rispose preferir di morire anzichè dargliela.

"Aggiunge che Antonio Barbier gli aveva consegnate tre lettere, che la signora di Brinvilliers scriveva a Therias.

"Che nella prima, ella lo pregava di venire in fretta a trarla dalle mani de' soldati che la scortavano.

"Che nella seconda, gli diceva la scorta non comporsi se non di otto persone sole, cui cinque uomini potrebbero vincere.

"E colla terza, che se non poteva venire a trarla dalle mani di quelli che la scortavano, andasse almeno dal Commissario, uccidesse il suo cavallo e due de' quattro cavalli della carrozza che la conducevano; che prendesse la cassetta e la gettasse nel fuoco, altrimenti ell'era perduta".

Claudio Rolla gerdarme, depose:

"Che la sera medesima dell'arresto la signora di Brinvilliers aveva un lungo spillo che ella volle porsi in bocca; che egli ne la impedì, dicendole ch'era una miserabile. Ch'egli credeva, che quanto si diceva di lei, era vero, e ch'ella aveva avvelenata tutta la sua famiglia, che ella disse, che se lo aveva fatto, non era se non per un cattivo consiglio, e che d'altronde non si avevano sempre buoni momenti."

Antonio Barbier, gendarme, dichiarò:

"Che la signora di Brinvilliers, essendo a tavola, e bevendo in un bicchiere, volle trangugiare un po' di vetro, e siccome egli ne la impedì, ella gli disse che, se voleva salvarla, gli farebbe la sua fortuna; che ella aveva scritto parecchie lettere a Therias; che durante tutto il viaggio, ella fece tutto il possibile per inghiottire vetro, terra ed aghi; che gli aveva proposto di tagliare la gola a Desgrais, d'uccidere il Commissario; ch'ella gli disse che bisognava prendere e bruciare la cassetta, che necessitava portare la miccia accesa per bruciar tutto, ch'ella aveva scritto a Penautier dalla Conciergerie, che gli diede la lettera, e ch'egli finse di portarla".

Da ultimo Francesca Roussel depose:

"Ch'era stata al servizio della signora di Brinvilliers; che questa signora le diede un giorno della conserva di ribes, che ne mangiò sulla punta d'un coltello, e che subito si sentì male. Essa gli diede inoltre una fetta di prosciutto umido, che mangiò, e da quel tempo ella ha sofferto un gran male nello stomaco, sentendo come se le avessero punto il cuore, e stette tre anni così, credendo d'essere avvelenata".

Era difficile continuare lo stesso sistema di negativa assoluta, di fronte a simili prove. La marchesa di Brinvilliers persistette nel sostenere che non era colpevole, e Nivelle, uno dei migliori avvocati di quel tempo, accondiscese ad incaricarsi della di lei difesa.

Egli combattè, gli uni dopo gli altri, e con assai talento, tutti i gravami dell'accusa, confessando gli amori adulteri della Marchesa con Santa-Croce, ma negando la partecipazione di lei agli assassini de' signori d'Aubray padre e figli, facendone ricadere tutta la responsabilità su Santa-Croce.

Quanto alla confessione, che era il più forte, e, secondo lui, l'unico gravame che si potesse opporre alla Brinvilliers, attaccava la validità di tale testimonianza con fatti tolti da casi simili, ne' quali la testimonianza portata da' colpevoli contro sè medesimi non era stata ammessa, in virtù di quell'assioma di legislazione: Non auditur perire volens.

Egli citò tre esempi; e siccome non mancano d'interesse, noi li copiamo testualmente:

PRIMO ESEMPIO:

"Domenico Scoto, famosissimo canonista e grande teologo, che era confessore di Carlo V, e che avea assistito alle prime adunanze del Concilio di Trento, sotto Paolo III, sollevò una questione d'un uomo il quale aveva perduta una carta dove erano scritti i suoi peccati. Ora avvenne che un giudice ecclesiastico trovata quella carta, volle processare su quel fondamento chi l'aveva scritta. Quel giudice fu giustamente punito dal suo superiore, pel motivo che la confessione è cosa sì sacra, che financo ciò ch'è destinato per farla deve essere sepolto in un eterno silenzio. È in virtù di questa proposizione, che fu promulgato il seguente giudizio, riportato nel Trattato de' Confessori, di Roderigo Acugno, celebre arcivescovo portoghese:

"Un Catalano, nato nella città di Barcellona, essendo stato condannato a morte per un omicidio da lui commesso e confessato, rifiutò di confessarsi giunta l'ora del supplizio.

"Per quante istanze gli venissero fatte, resistette con tanta violenza, senza nemmen dare ragione alcuna delle sue negative, che ognuno fu persuaso che quella condotta, che attribuivasi al turbamento del suo animo, fosse causata in lui dal timore della morte.

"Fu avvertito di questa sua ostinazione San Tommaso di Villanova, arcivescovo di Valenza in Spagna, ch'era il luogo dov'erasi emanata la sentenza.

"Il degno Prelato ebbe allora la carità di volere adoperarsi per indurre il delinquente a fare la sua confessione, onde non perdere l'anima insieme ed il corpo. Ma fu molto sorpreso, allorchè, avendogli chiesto la ragione del suo rifiuto di confessarsi, il condannato gli rispose ch'ei doveva abborrire i confessori, non essendo egli stato condannato, se non in conseguenza della rivelazione, fatta dal suo confessore, dell'omicidio a lui dichiarato; che nessuno ne aveva avuto conoscenza, ma che, essendo andato a confessarsi, aveva palesato il proprio delitto, e specificato il luogo dove aveva seppellito l'assassinato e tutte le altre circostanze del delitto; che quelle circostanze, essendo state rivelate dal confessore, non aveva potuto negarle, dando così luogo alla sua condanna; che allora soltanto aveva saputo quello che non sapeva quando si era confessato, cioè che il suo confessore era fratello dell'ucciso, e che il desiderio della vendetta aveva spinto quel cattivo prete a rivelare la sua confessione.

"San Tommaso di Villanova, a tale dichiarazione, giudicò quell'incidente essere molto più grave del processo medesimo, il quale non riguardava se non la vita d'un particolare, mentre qui, trattavasi del prestigio della religione, le cui conseguenze erano infinitamente più importanti.

"Egli credette opportuno informarsi della verità di quella dichiarazione, fece chiamare il sacerdote, e fattogli confessare quel delitto di rivelazione, costrinse i giudici, che avevano condannato l'accusato, a revocare il loro giudizio ed a rimandarlo assolto; il che fu fatto fra l'ammirazione e gli applausi del pubblico.

"Quanto al confessore, egli fu condannato ad una fortissima pena, cui San Tommaso mitigò in considerazione della pronta confessione da esso fatta della propria colpa, e specialmente dell'occasione che gli si era offerta, di far vedere in piena luce il rispetto che i giudici stessi devono avere per le confessioni".

SECONDO ESEMPIO:

"Nel 1579, un oste di Tolosa, aveva ucciso solo e ad insaputa di tutta la casa, un forestiero da lui alloggiato, e l'aveva seppellito segretamente nella propria cantina.

"Quello sciagurato, agitato da' rimorsi, si confessò dell'assassinio, ne palesò tutte le circostanze, ed indicò perfino al confessore il luogo dove aveva sepolto il cadavere.

"I parenti del defunto, dopo ogni ricerca possibile per procurarsi notizie, fecero, da ultimo, pubblicare nella città, che darebbero una grossa ricompensa a chi sapesse dare indicazioni sicure sul loro amato.

"Il confessore, tentato dalla cupidigia della somma promessa, avvertì in segreto che non si aveva che cercare nella cantina dell'oste, e quivi si troverebbe il cadavere.

"Lo si trovò infatti nel luogo indicato.

"L'oste fu imprigionato, e, messo alla tortura, confessò il suo delitto.

"Ma, dopo quella confessione, sostenne sempre che il suo confessore era il solo che potesse averlo tradito.

"Allora il Tribunale, indignato della via adoprata per giungere a sapere la verità, lo dichiarò innocente, finchè non si avessero altre prove, oltre la denunzia del confessore.

"Circa a costui, fu condannato ad essere impiccato, ed il suo cadavere gettato nel fuoco, tanto il Tribunale aveva riconosciuto nella propria saggezza, quanto fosse importante salvaguardare la dignità di un sacramento indispensabile alla salute eterna".

TERZO ESEMPIO:

"Una donna armena aveva ispirata una violenta passione ad un giovane signore turco; ma la virtù della donna fu per molto tempo d'ostacolo al desiderio dell'amante.

"Finalmente, non badando più a riguardi, costui minacciò d'ucciderla, unitamente al marito, se non accondiscendeva a sodisfarlo.

"Atterrita da quella minaccia, di cui sapeva purtroppo che l'esecuzione era certa, finse d'arrendersi, e diè al Turco un appuntamento in casa propria per un'ora nella quale gli disse che suo marito sarebbe assente; ma, nel momento convenuto, capitò il marito, e benchè il Turco fosse armato d'una sciabola e di due pistole, le cose volsero in guisa ch'essi furono abbastanza fortunati per uccidere il loro nemico, che seppellirono nella casa senza che alcuno lo sapesse.

"Alcuni giorni dopo il fatto, andarono a confessarsi da un prete loro connazionale, al quale palesarono, ne' più minuti particolari, il tragico fatto.

47

"Quell'indegno ministro del Signore, credendo allora che, in un paese retto da leggi maomettane, dove il carattere del sacerdozio e le funzioni del confessore sono o ignorate o proscritte, non si esaminerebbe la fonte degli indizi e che la sua testimonianza avrebbe il medesimo peso di quella di ogni altro denunziatore, risolse per conseguenza, di trar partito dalle circostanze in pro della propria cupidigia.

"Andò allora più volte a trovare il marito e la moglie, facendosi imprestare ogni volta grosse somme, con minaccia di rivelare il loro delitto se si rifiutassero.

"Le prime volte, quei disgraziati aderirono alle esigenze del Prete; ma venne finalmente un momento in cui, spogliati d'ogni bene, furono costretti a ricusargli la somma che domandava.

"Fedele alla sua minaccia, il Prete andò tosto a denunziarli al padre del defunto per trarne altro lucro.

"Questi, che adorava il figliuolo, corse a trovare il Visir, gli disse che conosceva gli uccisori del figlio per la deposizione del Prete, al quale eransi confessati, e gli chiese giustizia; ma quella denunzia non ebbe l'effetto atteso, perchè il Visir invece concepì tanta pietà pe' miseri Armeni, quanto sdegno contro il Prete che li aveva traditi.

"Allora fece passare l'accusatore in una stanza, e mandò a cercare il Vescovo armeno per chiedergli che cosa fosse la confessione, qual gastigo meriterebbe un prete che la rivelasse, e qual fosse la sorte che facevasi provare a coloro i cui delitti erano scoperti per cotesta via.

"Il Vescovo rispose, che il segreto della confessione era inviolabile, che la giustizia dei cristiani faceva bruciare qualsiasi prete che facesse rivelazioni, e rimandava assolti quelli che venissero accusati in tal guisa, perchè la confessione che il reo aveva fatta al sacerdote gli era comandata dalla religione cristiana, sotto pena dell'eterna dannazione.

"Il Visir, sodisfatto da quella risposta, lo fece entrare in un'altra stanza, e mandò a chiamare gli accusati per sapere da loro le circostanze del fatto. Quei meschini, tramortiti, si gettarono tosto ai piedi del Visir.

"La donna prese allora la parola, e gli rappresentò che la necessità di difendere il proprio onore e la vita aveva loro poste le armi in mano ed aveva diretto i colpi ond'era morto il loro nemico; soggiunse, che Dio solo era stato testimonio del loro delitto, e che questo sarebbe ancora ignorato, se la legge del medesimo Dio non li avesse obbligati a deporne il segreto nel seno d'un ministro per ottenerne la remissione; ma che la cupidigia insaziabile del Prete, dopo averli ridotti alla miseria, li aveva denunziati.

"Il Visir li fece passare in una terza stanza, e chiamò il Prete rivelatore, che pose al cospetto del Vescovo, e da questi gli fece ripetere quali fossero le pene che incontrano coloro che rivelano le confessioni.

"Quindi, applicando cotesta pena al colpevole, lo condannò ad essere arso vivo sulla pubblica piazza, aspettando, egli soggiunse, che lo fosse all'inferno, dove non poteva mancar di ricevere il gastigo delle sue infedeltà e de' suoi delitti.

"La sentenza fu eseguita sull' istante".

Malgrado l'effetto che l'avvocato attendeva da questi tre esempî, fosse che i giudici non li riconoscessero, fosse che, senza attenersi alla confessione, giudicassero le altre prove bastanti, fu a tutti, in breve, evidente l'andamento del processo, cioè che la Marchesa sarebbe stata condannata.

Infatti, prima anzi che il giudizio fosse pronunciato, ella vide il giovedì mattina, 16 luglio 1676, entrare nella sua prigione Pirot, dottore di Sorbona, a lei mandato dal Presidente del Tribunale.

Quel degno magistrato, prevedendo già l'esito del giudizio, e pensando che sarebbe troppo poco, per una simile colpevole, di non essere assistita se non nella sua ultima ora, fece venire quel buon Prete, e benchè questi gli facesse osservare che la Congiergerie aveva i suoi due elemosinieri ordinarî, e gli avesse detto esser troppo debole per tale ufficio, egli, che non poteva vedere salassare alcuno senza sentirsi venir male, il Presidente insistì tanto, ripetendo aver bisogno in quell'occasione di un uomo nel quale potesse riporre intera fiducia, ch'egli si decise ad accettare la penosa missione.

Infatti, il Presidente dichiarò egli stesso che, per abituato che fosse ai colpevoli, la Brinvilliers era dotata d'una forza che lo spaventava.

La vigilia del giorno che aveva fatto venire Pirot, egli aveva lavorato a quel processo dalla mattina fino a notte, e per tredici ore l'accusata era stata confrontata con Briancourt, uno de' testimoni che più l'aggravavano.

Quel medesimo giorno aveva avuto luogo un altro confronto di cinque ore, ed ella lo aveva sostenuto con tanto rispetto pei giudici quanta fierezza verso il testimonio, rimproverando a costui d'essere un miserabile servo dedito all'ubriachezza, e che, essendo stato cacciato da casa sua per le sue sregolatezze, la sua testimonianza non doveva avere nessuna forza contro di lei.

Il Presidente non aveva dunque speranza per infrangere quell'anima insensibile, che in un ministro della religione; perchè egli era convinto che non bastava giustiziarla in piazza della Grève, ma era necessario che i suoi veleni morissero con lei, altrimenti la società non avrebbe risentito alcun vantaggio dalla sola sua morte.

IX

Il dottor Pirot presentavasi alla Marchesa con una lettera di sua sorella, che, come abbiamo detto era monaca nel convento di San Giacomo, sotto il nome di suor Maria. Questa lettera esortava la Brinvilliers, ne' termini più commoventi ed affettuosi, ad aver fiducia di quel degno Prete, e a riguardarlo non solo come un sostegno, ma anche come un amico.

Quando Pirot si presentò davanti all'accusata, ella era stata appena allora ricondotta dal cavalletto , dov'era rimasta seduta tre ore senza aver confessato nulla, senza mostrarsi tocca per nulla da quello che il Presidente le aveva detto, quantunque dopo aver fatto l'ufficio di giudice, avesse preso il tono d'un sacerdote, e, facendole sentire lo stato deplorabile in cui ella trovavasi, comparendo per l'ultima volta davanti agli uomini, e dovendo presentarsi in breve davanti a Dio, le avesse detto, per intenerirla, tali cose, che le lacrime troncarono a lui stesso la parola, e che i giudici più vecchi ed assuefatti, avevano pianto, ascoltandolo.

Allorchè la Marchesa scòrse il Dottore, avvedendosi che il suo processo finiva colla condanna di morte, gli mosse incontro, dicendo:

– È forse il signore che viene per....

Ma a questa parola il padre Chavigny, che accompagnava Pirot, così l'interruppe:

– Signora, cominciamo dapprima con una preghiera.

Si posero tutti e tre inginocchioni, invocando lo Spirito Santo.

Allora la Brinvilliers chiese agli assistenti d'aggiungerne una per la Madonna; poi, finita quella preghiera s'accostò al Dottore, e, ripigliando la frase:

– Certo, signore – ella gli disse – siete colui che il signor presidente manda per consolarmi; è con voi dunque che io devo passare il poco che mi resta di vita. È molto tempo ch'ero impaziente di vedervi.

– Signora – rispose il Dottore – vengo a rendervi per lo spirituale tutti gli uffici che io potrò; se non che, bramerei ciò fosse in tutt'altra occasione.

– Signore – replicò la Marchesa, sorridendo – bisogna adattarsi a tutto.

E allora, volgendosi verso il padre Chavigny:

– Padre – ella continuò – io vi sono obbligatissima d'avermi condotto il signore e di tutte le altre visite che favoriste farmi. Pregate Iddio per me, ve ne supplico. D'ora innanzi io non parlerò più che con questo signore. Addio dunque, padre. Dio vi ricompenserà delle cure che aveste per me.

A tali parole, il Padre si ritirò, lasciando la Marchesa sola col Dottore, ed i due uomini e la donna che l'avevano sempre custodita, in uno stanzone situato nella torre di Montgommery.

Eravi nel fondo un letto dal cortinaggio grigio per la signora, ed una branda per la guardia.

Era la medesima stanza dove, dicesi, venisse un giorno rinchiuso il poeta Teofilo, e si vedevano ancora presso all'uscio de' versi di sua fattura e scritti di sua mano.

Come i due uomini e la donna videro con quale intenzione il Dottore fosse venuto, si ritirarono in fondo alla stanza, lasciando la Marchesa libera di chiedere e ricevere le consolazioni che le recava l'uomo di Dio.

Allora la Marchesa ed il Dottore sedettero ad un tavolo, ognuno da una parte.

La Marchesa credevasi già condannata e cominciò un conseguente discorso; ma il Dottore le disse, che ancora non era giudicata, ch'ei non sapeva nemmeno precisamente quando sarebbe emanata la sentenza, e meno ancora di qual tenore sarebbe; ma, a tali parole, la Marchesa lo interruppe.

– Signore – gli disse – io non mi curo più dell'avvenire. Se la mia sentenza non è emanata, lo sarà fra poco. M'aspetto di averne la nuova stamattina, e non mi riprometto altro fuorchè la morte. La sola grazia che io spero dal signor Presidente, è un intervallo fra la sentenza e l'esecuzione; chè, infine, se fossi giustiziata oggi, ben poco tempo avrei per prepararmi ed io, signore, sento d'averne molto bisogno.

Il Dottore non aspettavasi quelle parole, onde fu lieto di vederla tornata a simili sentimenti.

Infatti oltre quanto gli aveva detto il Presidente, il padre Chavigny gli aveva raccontato che la domenica precedente, avendole fatto capire esservi poco probabilità che potesse evitare la morte, e come, da quanto egli poteva giudicarne dalle dicerie sparse per la città, ella dovesse prepararvisi, a tali parole, parve dapprima interdetta, e poi gli aveva detto tutta spaventata:

– Padre, morirò dunque per questa faccenda?

Ed avendo voluto egli dirle alcun che per consolarla, ella aveva tosto rialzato e scosso il capo, rispondendogli con alterezza:

– No, no, padre mio, non c'è bisogno di incoraggiarmi; saprò ben io prendere il mio partito da per me, e sull'istante e mi vedrete morire da donna forte.

Ed avendole allora detto il Dottore, che la morte non era una cosa alla quale si possa disporsi sì prontamente, nè con tanta facilità, e che occorreva, invece prevederla da lontano, per non esserne sorpresi, ella gli aveva risposto non occorrere a lei più d'un quarto d'ora per confessarsi, e un minuto secondo per morire.

Il Dottore fu dunque lietissimo nel vedere che, dalla domenica al giovedì, la Marchesa avesse cangiato a quel segno di sentimenti.

– Sì – ella continuò dopo una pausa – più rifletto, e più io penso che un giorno sarebbe troppo poco per pormi in stato di presentarmi al tribunale di Dio, ond'esser giudicata da lui dopo esserlo stata dagli uomini.

– Signora – rispose il Dottore – io non so quando verrà data, nè che cosa conterrà la vostra sentenza; ma fosse anche una sentenza di morte, e data oggi, ardisco assicurarvi anticipatamente, che non sarà eseguita se non domani. Ma, quantunque la morte sia ancora incerta, approvo molto che vi ci prepariate in ogni modo.

– Oh! per la mia morte dessa è certa, nè mi lusingherò in una speranza inutile. Debbo farvi una grande confidenza di tutta la mia vita; ma, signore, prima di aprirvi in simil modo il cuore, permettete che io sappia da voi medesimo l'idea che vi faceste di me, e quello che credete ch'io debba fare nello stato in cui mi trovo.

– Voi prevenite il mio pensiero – rispose il Dottore. – Prima di entrare nel segreto della vostra coscienza, prima d'incominciare la discussione delle cose vostre con Dio, piacemi, o signora, darvi alcune norme sulle quali possiate fissarvi. Io non vi conosco ancora rea di nulla, e sospendo il mio giudizio su tutti i delitti di cui v'incolpano, non dovendo io saperne nulla se non dalla vostra confessione. Sicchè, devo dubitare ancora che voi siate colpevole; ma non posso ignorare di che siete accusata; l'accusa è pubblica, ed è giunta fino a me. Poichè – continuò il Dottore – voi potete immaginarvi, signora, che il vostro affare fa molto chiasso, e vi sono ben pochi che non ne sappiano qualche cosa.

– Sì, sì – disse ella, sorridendo. – So che se ne parla molto, e ch'io sono la favola del popolo.

– Dunque – ripigliò il Dottore – il delitto del quale voi siete accusata è d'avvelenamento, ed io ho da dirvi che se voi ne siete rea, come si crede, non potete sperare perdono davanti a Dio, se non dichiarate prima a' vostri giudici quale è il vostro veleno, quali gl'ingredienti ch'entrano nella sua composizione, quale ne sia l'antidoto, e come si chiamano i vostri complici. Fa d'uopo, signora, far man bassa su questi malvagi senza risparmiarne uno solo, poichè essi sarebbero in grado, se voi perdonate loro, di continuare a servirsi del vostro veleno, e voi diventereste allora colpevole di tutti i delitti ch'essi potrebbero commettere dopo la vostra morte, per non averli denunziati ai giudici durante la vostra vita; dimodochè si potrebbe dire che voi sopravvivreste a voi medesima, chè il vostro delitto vi sopravvivrebbe. Ora, voi sapete, signora, che il peccato unito alla morte non riceve mai perdono, e che, per ottenere la remissione del vostro delitto, se siete rea, bisogna farlo morire prima di voi; giacchè, se non lo uccidete, signora, badate, vi ucciderà lui.

– Sì, io convengo di tutto ciò, signore – disse la Marchesa, dopo un momento di silenzio e di riflessione. – E, senza ancor dichiarare ch'io sia colpevole, vi rispondo, se lo sono, di ponderar bene le vostre massime. Tuttavolta, vo' proporvi un quesito, e pensate che la sua soluzione mi è necessaria. Non vi è, signore, alcun delitto irremissibile in questa vita? Non ci sono peccati sì enormi e in sì gran numero, che la Chiesa non ardisca rimetterli, e che la misericordia di Dio non possa enumerarli ed assolverli? Permettete ch'io cominci con questa domanda, signore, chè sarebbe inutile ch'io mi confessassi, se non potessi sperare.

– Voglio credere, signora – rispose il Dottore, guardando suo malgrado la Marchesa con certa qual paura – che quello che voi avanzate non sia se non una tesi generale che mi proponete, e non abbia alcun rapporto collo stato della vostra coscienza. Risponderò dunque alla vostra domanda, senza applicarvela in alcun modo. No, signora, non vi sono peccati irremissibili in questa vita, per enormi che sieno e per quanto grande ne sia la quantità. È anzi un articolo di fede, talchè voi non potreste morire cattolica se ne dubitaste. Alcuni dottori, è vero, hanno sostenuto altre volte il contrario; ma furono condannati come eretici. Non c'è che la disperazione e l'impenitenza finale che siano irremissibili, e sono peccati di morte e non di vita.

– Signore – riprese la Marchesa – Dio mi fa la grazia d'essere convinta di quanto mi dite. Credo ch'egli possa rimettere tutti i peccati; credo che abbia esercitato spesso questo potere. Ora, ogni mia paura è ch'egli non voglia fare l'applicazione della sua bontà ad un soggetto sì miserabile qual io sono, e ad una creatura resasi tanto indegna delle grazie che le ha già fatte.

Il Dottore la rassicurò come meglio potè, e si mise allora ad esaminarla con attenzione, mentre continuava a ragionar con lei.

– Era – dice egli – una donna naturalmente intrepida e di grande coraggio; pareva nata con sentimenti buoni ed onesti; con carattere indifferente a tutto; d'uno spirito vivo e penetrante, che concepiva le cose in modo preciso, e le esprimeva giuste e con poche parole, ma chiarissime; trovava sull'istante espedienti per uscire d'un passo difficile, e prendeva a un tratto il suo partito nelle cose più imbarazzanti; leggiera, del resto, e poco suscettibile; ineguale, e non troppo ferma, annoiavasi quando le si parlava spesso d'una medesima cosa; talchè fui costretto a variare di quando in quando quello che le dissi, per tenerla occupata poco sopra uno stesso tema, ch'io però riproducevo agevolmente, dandogli un nuovo aspetto, e proponendolo sotto nuove forme.

"Parlava poco e bene, ma senza studio, nè affettazione; padrona assoluta di sè, sempre presente a sè stessa, e non dicendo se non quello che voleva dire, nessuno l'avrebbe presa, dalla sua fisonomia o dal suo discorso, per una persona sì maligna, come apparve d'essere per la pubblica confessione del suo parricidio; nè si comprende, come una donna, la quale aveva per sua natura qualcosa di grande, un sangue freddo raro negli accidenti più imprevisti, una fermezza a tutta prova, una risolutezza tale da aspettar la morte e soffrirla ben anco, se fosse stato necessario, sia stata capace di viltà sì grande come quella che trovasi nel parricidio da lei confessato ai giudici.

"Ella non aveva nulla nel volto che presagisse sì strana malizia: era di pelo castano e foltissimo; aveva il volto rotondo e regolare, occhi turchini, dolci e bellissimi, pelle straordinariamente bianca, naso ben fatto; niun lineamento antipatico, e nulla, infine, che potesse far passare il volto di lei per seducentissimo. Aveva già alcune grinze, e mostrava più anni che realmente non avesse.

"Qualche cosa m'obbligò a chiederle la sua età nel primo colloquio.

"– Signore, ella mi disse, se vivessi fino al giorno di Santa Maddalena, avrei quarantasei anni.

"Venni al mondo in quel giorno e ne porto il nome.

"Fui chiamata al battesimo Maria Maddalena.

"Ma, per vicino che sia quel giorno, io non vivrò fino allora; bisogna finire oggi o domani al più tardi, e mi si farà una grazia a differirlo d'un giorno; e tuttavia io mi aspetto questa grazia sulla vostra parola.

"Le si avrebbero ben dati, al vederla, quarantott'anni.

"Per dolce che sembrasse il volto di lei naturalmente, quando le passava qualche dispiacere per la mente, lo palesava con una smorfia che poteva dapprincipio far paura, e tratto tratto m'accorgevo di convulsioni che mostravano indignazione, disprezzo e dispetto.

"Dimenticavo dire ch'era di piccolissima statura e molto gracile.

"Ecco all'incirca la descrizione del fisico e del morale di questa donna, che riconobbi in poco tempo, ma che osservai attentamente per condurmi poi, secondo quello che. avrei notato".

In mezzo al primo schizzo della sua vita, ch'essa faceva al suo confessore, la Marchesa si ricordò che questi non aveva detto ancora la messa, e lo avvertì ella medesima esser tempo di dirla, indicandogli la cappella della Conciergerie, e pregandolo di celebrarla a di lei intenzione ed in onore di Maria Vergine, per ottenere l'intercessione presso Dio, per lei, che in mezzo ai suoi delitti e sregolatezze, non aveva tralasciato di riguardarla come sua protettrice e d'averne una divozione particolare; e, siccome non poteva discendere col Dottore, gli promise almeno d'assistervi collo spirito.

Erano le dieci e mezzo del mattino quando egli la lasciò, e da quattro sole ore che conversavano insieme. Egli l'aveva condotta, mediante la sua tenera pietà e dolce morale, a confessioni che le minacce dei giudici ed il timore della tortura non avevano potuto trarre da lei; cosicchè celebrò santamente e devotamente la messa, pregando il Signore d'aiutare colla medesima forza il confessore e la paziente.

Nel rientrare in casa del custode dopo la messa, mentre prendeva un bicchier di vino, seppe da un custode del Palazzo, per nome Seney, trovatosi là per caso, che la Brinvilliers era giudicata e doveva avere la mano tronca. Questo rigore delle conclusioni, che, del resto, fu raddolcito nella sentenza, gl'ispirò maggior interesse per la sua penitente, e si recò tosto da lei.

Appena ella vide aprirsi la porta, gli mosse incontro con serenità e gli chiese se avesse proprio pregato per lei; e quando il Dottore glie l'ebbe assicurato:

– Signore – ella disse – non avrei la consolazione di ricevere il viatico prima di morire?

– Signora – rispose il Dottore – se voi siete condannata a morte, morrete certo senza quello, ed io v'ingannerei se vi facessi sperare questa grazia. Abbiamo veduto nella storia morire un contestabile, e fu il contestabile di San Paolo, senza poter ottenere tal favore, per quante istanze facesse onde non esserne privo. Fu giustiziato in piazza della Grève alla vista delle torri di Nostra Signora. Egli fece la sua preghiera, come voi potrete fare la vostra, se vi toccasse la medesima sorte. Ma nulla di più; e, nella sua bontà, Dio permette che ciò basti.

– Ma – riprese la Marchesa – mi pare che i signori di SaintMars e de Thou si fossero comunicati prima di morire.

– Non credo – rispose il Dottore – poichè non trovasi, nè nelle Memorie di Montresor, nè in alcun altro libro che ne racconta il supplizio.

– Ma il signor di Montmorency? – ella disse.

– Ma il signor di Marillac? – rispose il Dottore.

Infatti, se quel favore era stato accordato al primo, era stato negato al secondo, e l'esempio colpì tanto più la Marchesa, in quanto che Marillac era della sua famiglia, ed ella teneva cotesta parentela in grande onore.

Certo essa ignorava che il signor di Roano si fosse comunicato nella messa notturna che celebrò per la salute dell'anima sua il padre Bourdaloue; chè non ne parlò, e si contentò dietro la risposta del Dottore, di mandare un sospiro.

– D'altronde – continuò questi – quand'anco mi citasse, signora, qualche esempio straordinario, non fate conto sulla grazia; le sono eccezioni e non leggi. Voi non dovete sperare privilegi; le cose seguiranno a vostro riguardo il corso consueto, e si farà per voi, come per gli altri condannati. Che cosa sarebbe dunque se voi foste nata e morta al tempo di Carlo VI? Fino al regno di quel principe, i rei morivano senza confessore, e fu per ordine di quel Re soltanto, che si rinunziò a tale severità. Del resto, signora, la comunione non è assolutamente necessaria alla salute, e d'altronde si può comunicarsi spiritualmente, leggendo la parola, che è come il corpo, unendosi alla Chiesa, che è la sostanza mistica di Cristo, e soffrendo per lui, e con lui, quest'ultima comunione del supplizio, che è la vostra parte, signora, è la più perfetta di tutte. Se voi detestate il vostro delitto di tutto cuore, se amate Dio con tutta l'anima, se avete la carità e la fede, la vostra morte sarà un martirio, e come un secondo battesimo.

– Ahimè! Dio mio! – ripigliò la Marchesa. – Secondo quello che mi dite, o signore, e poichè occorrerà la mano del carnefice per salvarmi, cosa sarebbe stato di me se fossi morta a Liegi, e dove mi troverei mai ora? E, quando anche non fossi stata presa, ed avessi vissuto ancora vent'anni fuori di Francia, come sarebbe stata la mia morte, se ci voleva non meno del patibolo per santificarla? Ora, io vedo tutti i miei torti, signore, e considero come il più grande l'ultimo di tutti, vale a dire la mia sfrontatezza in faccia ai giudici. Ma nulla è perduto ancora, la Dio mercè, e giacchè ho un ultimo interrogatorio da subire, io voglio fare una confessione completa di tutta la mia vita. Quanto a voi, signore – ella continuò – domandate particolarmente perdono per me al signor Presidente; egli mi disse ieri, mentre io sedevo sullo sgabello, cose molto commoventi, e delle quali mi sono sentita tutta intenerire; ma non ho voluto dimostrarlo, perchè pensavo che, mancando la mia confessione, non vi fossero contro me prove abbastanza forti per condannarmi. La fu diversamente, ed ho dovuto scandalizzare i miei giudici coll'audacia che dimostrai in tale occasione. Ma riconosco il mio fallo e lo riparerò. Aggiungete, signore, che lungi dal serbar rancore al signor Presidente pel giudizio ch'egli oggi pronuncia contro di me;

che, lungi dal lagnarmi del signor Procuratore del Re che l'ha sollecitato, io li ringrazio ambedue umilmente, poichè ne dipenderà la mia salute.

Il Dottore stava per rispondere onde incoraggiarla in quella via, allorchè l'uscio si aprì. Le si recava il pranzo, essendo già un'ora e mezzo. La Marchesa s'interruppe, e badò ad apparecchiare con tanta disinvoltura, come se avesse fatto gli onori nel suo villino.

Ella fece sedere a tavola i due uomini e la donna che la custodivano, e volgendosi verso il Dottore:

– Signore – gli disse – voi volete che non si facciano complimenti a vostro riguardo; queste brave persone sogliono pranzare con me, per tenermi compagnia, e noi faremo così anche oggi, se lo permettete. È – ella disse – l'ultimo pasto ch'io farò con voi, e con loro.

Poi, volgendosi verso la donna:

– Mia povera signora Del Rus, è molto tempo ch'io vi do incomodo; ma un po' di pazienza ancora, ed in breve sarete sbarazzata di me. Domani potrete andare a Dravet, ne avrete tempo bastante; poichè, dopo le sette od otto ore, non avrete più a fare con me, ed io sarò nelle mani del Signore, e non vi sarà più permesso di starmi accanto. Da quel momento voi potrete dunque partire per ritornarvene a casa, poichè non credo vi basti il cuore di vedermi suppliziare.

Ella parlava così, con grande tranquillità di spirito e senza alcuna alterigia; poi, siccome tratto tratto coloro si voltavano per nascondere le lacrime, essa faceva un segno di pietà.

Allora, vedendo che il pranzo restava sulla tavola e che nessuno mangiava, invitò il Dottore a prendere la sua minestra, chiedendogli perdono se il custode vi aveva misto cavoli; il che ne faceva una zuppa comune ed indegna d'essergli offerta.

Per sè, prese un brodo e mangiò due uova, scusandosi co' commensali se non li serviva, ma osservando che non le si lasciavano nè forchetta, nè coltello.

Verso la metà del pranzo, pregò il Dottore di voler permettere che bevesse alla salute di lui.

Il Dottore rispose a tale domanda, bevendo alla sua, ed ella parve contentissima di quella condiscendenza.

– Domani è di magro – ella disse – deponendo il bicchiere, e, sebbene domani sia per me un giorno di grande fatica, poichè avrò in esso a soffrire la tortura e la morte, non pretendo violare i comandamenti della Chiesa, mangiando di grasso.

– Signora – rispose il Dottore – se voi aveste bisogno d'un brodo per ristorarvi, non ve ne fate scrupolo, chè non sarà per capriccio, ma per necessità che l'avrete preso, e la legge della Chiesa non obbliga in questo caso.

– Signore – riprese la Marchesa – io non vi avrei difficoltà se ne avessi bisogno e che voi me lo ordinaste; ma ciò sarà inutile, spero; me ne farò dare uno stasera all'ora di cena, ed un altro più denso un po' prima di mezzanotte, e basterà per passar domani, con due uova fresche; ch'io prenderò dopo la tortura.

– Il vero è – dice il Dottore nella relazione dalla quale togliamo tutti questi particolari – che io era spaventato di tanto sangue freddo, e rabbrividivo in me, vedendola ordinare sì placidamente al custode che il brodo fosse più denso quella sera del solito, e che gliene tenessero pronte due tazze prima di mezzanotte.

"Finito il pranzo – continua sempre Pirot, – le fu data carta e calamaio da lei chiesti, ed ella mi disse che, prima di farmi prendere la penna per pregarmi di scrivere quello che voleva dettarmi, aveva da stendere una lettera.

"Questa lettera, che, a suo dire, la imbarazzava, e dopo la quale sarebbe stata più libera, era pel marito".

Ella dimostrò in quel momento tanta tenerezza per lui, che il Dottore, dopo quanto era occorso, ne stupì stranamente, e volendo metterla alla prova, le disse che la tenerezza da lei manifestata non era punto reciproca, avvegnachè suo marito l'aveva abbandonata affatto durante tutto il processo. Ma allora la Marchesa l'interruppe, dicendo:

– Padre mio, non bisogna sempre giudicare le cose sì prontamente e dalle apparenze; il signor di Brinvilliers è sempre entrato ne' miei interessi, e non ha mancato se non a quello che non potè fare; il nostro commercio epistolare non ha mai cessato in tutto il tempo ch'io fui fuori del Regno; e non dubitate ch'egli si sarebbe recato a Parigi appena seppe del mio arresto, se i suoi affari gli avessero permesso di venirvi con sicurezza; ma, bisogna sappiate, ch'egli è pieno di debiti, e non poteva comparir qui senza che i suoi creditori lo facessero carcerare. Non crediate dunque ch'egli sia insensibile per me.

Ciò detto, si mise a scrivere la sua lettera, e quando l'ebbe finita, la presentò al Dottore, dicendogli:

– Voi siete padrone, signore, di tutti i miei sentimenti fino all'ora della mia morte; leggete questa lettera, e se vi trovate qualche cosa da mutare, ditemelo.

Ecco la lettera:

"Nel punto in cui sono, di rendere l'anima a Dio, ho voluto assicurarvi della mia amicizia, la quale durerà per voi fino all'ultimo momento della mia vita.

"Vi domando perdono di tutto quello che ho fatto, contro quanto io vi dovevo; muoio d'una morte ignominiosa, che i miei nemici mi tirarono addosso. Io perdono loro di tutto cuore, e vi prego di perdonar loro.

"Spero che voi perdonerete a me pure l'ignominia che potesse ridondare sopra di voi; ma pensate, noi non esser qui se non per un tempo, e che fra poco voi sarete forse costretto di andare a rendere a Dio un conto esatto di tutte le vostre azioni, perfino delle parole oziose, come sono io presentemente in stato di fare.

"Abbiate cura de' vostri affari e de' nostri figli, e date loro voi stesso l'esempio; consultate su ciò madama Marillac e madama Cousté.

"Fate dire per me più preghiere che potete, e siate persuaso ch'io muoio tutta vostra.

"D'AUBRAY".

Il Dottore lesse la lettera con attenzione, poi fece osservare alla Marchesa che una frase in essa contenuta, era sconveniente: quella che riferivasi a' suoi nemici.

– Signora – le disse – voi non avete altri nemici che i vostri delitti, e coloro che voi chiamate col nome di nemici sono quelli che amano la memoria di vostro padre e de' vostri fratelli, che voi dovreste amare più di loro.

– Ma, signore – rispose la Marchesa – quelli che hanno cercato la mia morte non son dessi i miei nemici, e non è un sentimento cristiano il perdonar loro questa persecuzione?

– Signora – replicò il Dottore – essi non sono vostri nemici. Siete voi nemica del genere umano, e nessuno è vostro nemico; avvegnachè non si possa pensare al vostro delitto senza orrore.

– Epperò, signore – ella rispose – non ho rancore contro essi, e vorrei vedere in paradiso le persone che più contribuirono a perdermi e trarmi dove sono.

– Signora – le disse il Dottore – come intendete di dire? Parlasi talvolta così, quando si desidera la morte di qualcuno. Spiegatevi dunque, ve ne prego.

– Il Cielo mi guardi, d'intenderla in questo modo! – replicò la Marchesa. – Dio conceda loro, al contrario, lunga prosperità in questo mondo, e nell'altro felicità e glorie infinite. Dettatemi dunque un'altra lettera, signore, e io la scriverò come vi piacerà.

Scritta la nuova lettera, la Marchesa non volle pensar più se non alla propria confessione, e pregò il Dottore di prendere la penna alla sua volta.

– Poichè – gli disse – ho commessi tanti peccati e delitti, che se facessi una semplice confessione verbale, non sarei mai sicura che questa fosse esatta.

Entrambi allora si misero inginocchioni per invocare la grazia dello Spirito Santo, e dopo aver detto un Veni Creator Spiritus ed una Salve Regina, il Dottore si alzò e sedette davanti al tavolo, mentre la Marchesa, inginocchiata, diceva un Confiteor e cominciava la confessione.

Alle nove di sera, il padre Chavigny, che aveva condotto la mattina il dottor Pirot, entrò. La Marchesa parve contrariata dalla sua visita, pure gli fece buona accoglienza.

– Padre – ella disse – non credevo vedervi sì tardi; ma vi prego, lasciatemi ancora alcuni istanti col signore.

Il Padre si ritirò.

– Che cosa viene a fare colui? – chiese allora la Marchesa, voltandosi verso il Dottore.

– È bene – rispose questi – che voi non restiate sola.

- Mi lascereste voi forse? - esclamò la Marchesa, con un sentimento che avvicinavasi al terrore.

- Signora, farò quello che vi piacerà - rispose il Dottore - ma voi mi fareste piacere se mi lasciaste ritirare a casa per alcune ore, durante cui il padre Chavigny potrebbe restare con voi...

- Ah! signore - ella esclamò, torcendosi le braccia - voi m'avevate promesso di non lasciarmi se non alla morte, ed ecco che ve ne andate! Pensate ch'io vi vidi stamane per la prima volta; ma, da stamane, voi prendeste più posto nella mia vita che nessun altro dei miei più vecchi amici.

- Signora - rispose il Dottore - io non voglio altro se non quello che vorrete voi. Se vi chieggo un po' di riposo, è per ripigliar il mio ufficio domani con maggior lena, e rendervi un servigio più grande che altrimenti non farei. Se non mi riposo, tutto quello ch'io potrò dire e fare, languirà. Voi credete all'esecuzione per domani; io non so se crediate giusto; ma, da quanto dite voi, deve esser domani il vostro gran giorno, il vostro giorno decisivo, e nel quale voi ed io avremo bisogno di tutte le nostre forze. Sono già tredici o quattordici ore che noi siamo insieme a lavorare con applicazione alla salute vostra; io non sono d'un temperamento robusto, e voi dovete temere, signora, se non mi date un po' di tempo, che domani io non manchi di forza per assistervi sino alla fine.

- Signore - rispose la Marchesa - ciò che voi mi dite, mi chiude la bocca. Domani è per me un giorno ben altrimenti importante d'oggi, ed io avevo torto; bisogna che voi prendiate riposo stanotte. Terminiamo soltanto quest'articolo, e rileggiamo quello che abbiamo scritto prima.

Ciò fatto, il Dottore volle ritirarsi; ma, essendosi portata la cena, la Marchesa non permise che uscisse senza aver preso qualche cosa; e mentre mangiava un boccone, ella disse al custode di andare a cercare una carrozza e porla sul suo conto.

Quanto a lei, bevve un brodo e mangiò due uova.

Poco dopo, il custode entrò, dicendo essere pronta la carrozza. La Marchesa allora si accommiatò dal Dottore, facendogli promettere di pregare per lei, e di essere la domane alle sei alla Conciergerie. Il Dottore glie ne diè parola.

X

La domane, rientrando nella torre, egli trovò il padre Chavigny, che l'aveva sostituito presso la Marchesa, inginocchiato con lei e sul finire d'una preghiera.

Il Prete piangeva; ma la Marchesa era sempre ferma, e lo ricevette col medesimo buon viso con cui l'aveva lasciato.

Appena il padre Chavigny vide comparire il Dottore, si ritirò.

La Marchesa si raccomandò alle sue preghiere, e volle fargli promettere di tornare; ma il Padre non vi s'impegnò.

Allora la Marchesa, andando dal Dottore:

– Signore – gli disse – voi siete puntuale, ed io non ho da lagnarmi che mi manchiate di parola; ma, Dio mio, è già tanto tempo ch'io sospiro per voi, e le sei ore hanno oggi tardato molto a sonare!

– Eccomi, signora – rispose il Dottore – ma, anzitutto, come passaste la notte?

– Ho scritto tre lettere – ripigliò la Marchesa – le quali, per corte che fossero, m'occuparono molto tempo: una a mia sorella, l'altra alla signora Marillac, la terza a Cousté. Avrei voluto porvele sott'occhio, signore, ma il padre Chavigny s'è offerto d'incaricarsene lui; e siccome le aveva trovate buone, io non ho ardito partecipargli il mio scrupolo. Dopo avere scritto quelle lettere – continuò la Marchesa – abbiamo un po' pregato Dio; poi, siccome il Padre ha preso il suo breviario per dirlo, ed io la mia corona nella stessa intenzione, mi sentii stanca, e gli chiesi se non potessi buttarmi sul letto; dietro la sua risposta affermativa, ho riposato due buone ore senza sogni e senza inquietudine; poi, al mio destarmi, facemmo insieme alcune preghiere, che finivano quando entraste voi.

– Orbene, signora – disse il Dottore – se volete, noi le riprenderemo: mettetevi inginocchioni, e recitiamo il Veni Creator Spiritus.

La Marchesa obbedì tosto, e recitò la preghiera con molta compunzione e pietà; poi, finita la preghiera, mentre Pirot accingevasi a riprendere la penna per continuare a scrivere la confessione di lei:

– Signore – ella disse – permettete che prima io vi sottoponga una questione che mi tormenta. Ieri voi mi deste grandi speranze nella misericordia di Dio:

però, non ho la presunzione di pensare ch'io possa essese salvata senza rimanere molto tempo nel purgatorio; il mio delitto è troppo atroce perch'io ne ottenga il perdono ad altro patto diverso, e quand'anche avessi un amore di Dio assai più grande di quello che possa avere, non pretenderei essere ricevuta in Cielo, senza passare pel fuoco, che purificherà le mie sozzure, nè soffrire le pene dovute a' miei peccati. Ma, ho sentito dire, signore, che la fiamma di cotesto luogo, dove le anime non ardono che per un dato tempo, è simile in tutto e per tutto a quella dell'inferno, dove i dannati devono bruciare per tutta l'eternità. Ditemi dunque, ve ne prego, come un'anima che trovasi in purgatorio nel momento della sua separazione dal corpo possa assicurarsi che non è dannata all'inferno, e riconoscere che il fuoco che l'arde senza consumarla, finirà un dì, poichè il tormento ch'ella soffre è il medesimo di quello de' dannati e le fiamme che la divorano sono della stessa qualità di quelle dell'inferno. Vorrei saper questo, signore, per non restare nel dubbio in quel momento terribile, e sapere a prima vista se debbo sperare o disperare.

– Signora – rispose il Dottore – voi avete ragione. Dio è troppo giusto per aggiungere la pena del dubbio a quella che infligge. Nel momento in cui l'anima si separa dal corpo, si fa un giudizio fra Dio e lei; dessa ode la sentenza che la condanna, o la parola che l'assolve; ella sa, se è in grazia od in peccato mortale; vede se Dio la precipiterà nell'inferno per sempre o se la relegherà per un dato tempo nel purgatorio. Voi l'udrete, signora, questa sentenza, nel momento stesso che il ferro del carnefice vi toccherà, a meno che, già tutta purificata in questa vita, voi non andiate, senza passare pel purgatorio, a ricevere sull'istante la ricompensa del vostro martirio, fra i beati che circondano il trono del Signore.

– Signore – riprese la Marchesa – ho tal fede nelle vostre parole, che sento in me già tutto ciò che voi diceste, e sono contenta.

Il Dottore e la Marchesa si rimisero alla loro confessione, interrotta il giorno prima.

La Marchesa erasi ricordata, durante la notte, d'alcuni articoli cui fece aggiungere agli altri; poi continuarono così, il Dottore fermandosi, tratto tratto, quando i peccati erano grossi, per farle dire un atto di contrizione.

In capo ad un'ora e mezzo si venne ad avvisarla di scendere, poichè il Cancelliere l'aspettava per leggerle la sentenza.

Ascoltò la notizia con molta calma, restando inginocchioni, e volgendo solo la testa. Poi, senza alcuna alterazione nella voce:

– Vengo subito – ella disse – termino di dire una parola qui al signore, e poi sono tutta a voi.

Ella continuò infatti con grande tranquillità a dettare al Dottore la fine della sua confessione.

Quando si credette al termine, gli chiese di recitare secolei una piccola preghiera, acciò Dio le accordasse davanti ai giudici da lei scandalizzati un pentimento simile alla sua passata sfrontatezza; poi, detta quella preghiera, prese la mantiglia, un libro di preghiere lasciatole dal padre Chavigny, e seguì il custode che la condusse fino nella stanza de' tormenti ove doveva esserle letta la sentenza.

Si cominciò coll'interrogatorio, che durò cinque ore, nel quale la Marchesa disse tutto quello che aveva promesso di dire, negando d'aver complici, ed affermando che non conosceva, nè la composizione de' veleni che somministrava, nè quella dall'antidoto col quale potevansi combatterli. Finito l'interrogatorio, vedendo i giudici che non potrebbero cavarne altro, fecero segno al Cancelliere di leggerle la sentenza, che ella ascoltò in piedi; era concepita in questi termini:

"Visto dalla Corte, etc., in conseguenza dell'appello invocato dalla incolpata d'Aubray di Brinvilliers; viste le conclusioni del Procuratore generale del Re, interrogata la detta d'Aubray sui casi risultanti dal processo, la Corte ha dichiarato e dichiara la detta d'Aubray, di Brinvilliers debitamente incolpata e convinta d'aver fatto avvelenare il signore Dreux d'Aubray, suo padre; i signori d'Aubray, uno procuratore generale, l'altro deputato al Parlamento, suoi fratelli, ed attentato alla vita di Teresa d'Aubray sua sorella; ed in riparazione di ciò ha condannato e condanna la detta d'Aubray di Brinvilliers a fare ammenda onorevole davanti la porta grande della cattedrale di Parigi, dove sarà condotta in carretta, a piè scalzi, colla corda al collo, una torcia accesa in mano del peso di due libbre; e là, stando inginoccbioni, a dire e dichiarare che malvagiamente, per vendetta e cupidigia de' loro beni, ha avvelenato il padre, fatto avvelenare i due fratelli ed attentato alla vita della sorella, di che si pente, e ne domanda perdono a Dio, al Re ed alla umanità; e ciò fatto, sia condotta nella detta carretta in piazza della Grève di questa città, per avervi tronco il capo sovra un palco, il quale a quest'uopo sorgerà sulla detta piazza, il corpo bruciato e le ceneri sparse al vento. La summenzionata sarà preventivamente applicata alla tortura ordinaria e straordinaria per aver rivelazione dei suoi complici. La dichiara poi decaduta dalle eredità dei detti, suo padre, fratelli e sorella, dal giorno dei delitti da lei commessi, e tutti i suoi beni acquisiti e confiscati a chi di diritto, sopra i quali, ed altri non soggetti a confisca, verranno prelevate le somme: di quattromila lire d'ammenda verso il Re; quattrocento lire per far pregare Dio in requie delle anime dei detti defunti, fratelli e padre, nella cappella della Conciergerie; diecimila lire di riparazione alla signora Mangot, e tutte le spese, anche quelle fatte contro Amelin, detto Lachaussée.

"Fatto in Parlamento oggi 16 Luglio 1676".

La Marchesa ascoltò la sentenza senza spavento, nè debolezza; però quando fu finita:

– Signore – ella disse al Cancelliere – abbiate la bontà di ricominciare; la carretta, che io non mi aspettavo, m'ha talmente colpita, che ho perduto il filo di tutto il resto.

Il Cancelliere rilesse la sentenza; poi, siccome da quel momento ella apparteneva al giustiziere, questi le s'appressò. La Marchesa lo riconobbe; vedendogli una corda in mano, gli stese tosto le proprie, squadrandolo freddamente dal capo alle piante, senza dirgli verbo.

Allora i giudici si ritirarono l'un dopo l'altro, additando al giustiziere i diversi apparecchi della tortura.

La Marchesa fissò gli occhi con fermezza su que' cavalletti e quei terribili anelli che avevano slogate tante membra e fatto mandare tante grida, e, scorgendo i tre secchi d'acqua preparati per lei, si volse al Cancelliere, non volendo parlare al carnefice, e dicendo con un sorriso:

– È per annegarmi, certo, che voi avete portato tanta acqua, signore? non avrete, spero, la pretesa di farmela ingoiar tutta.

Il carnefice, senza rispondere, cominciò col toglierle la mantellina e successivamente gli altri abiti, finchè fu affatto nuda; poi, la condusse contro il muro, e la fece sedere sul cavalletto della tortura ordinaria, alto due piedi.

Quivi si chiese di nuovo alla Marchesa il nome de' complici, quale fosse la composizione del veleno, e quale l'antidoto che poteva combatterlo; ma ella rispose come aveva già fatto al dottore Pirot, solo aggiungendo:

– Se voi non credete alla mia parola, il mio corpo è fra le vostre mani, e voi potete torturarlo.

A tale risposta il Cancelliere fe' segno al giustiziere di fare il suo ufficio.

Questi, cominciò col legare i piedi della Marchesa a due anelli posti davanti a lei, uno presso l'altro e fissi nel pavimento; poi, rovesciandole il corpo indietro, le fissò ambe le mani agli anelli del muro distanti l'uno dall'altro tre piedi circa.

In quel modo, il capo trovavasi alla medesima altezza dei piedi, mentre il corpo, sostenuto dal cavalletto, descriveva una mezza curva come se fosse stato disteso sopra una ruota.

Per aggiungere ancora tensione alle membra, il carnefice diè due giri ad una manovella, che forzò i piedi, lontani dagli anelli, d'un piede circa, ad accostarsene di sei pollici.

Qui ancora, noi abbandoneremo il nostro racconto, per riprodurre il processo verbale.

"Sul piccolo cavalletto, e durante lo stiramento, ha detto più volte:

"– O mio Dio! mi uccidono, eppure io dissi la verità.

"Le fu versata acqua in bocca; si è molto contorta ed agitata, ed ha pronunciate queste parole:

"– Voi mi uccidete.

"Ammonita allora di nominare i suoi complici, ha detto non averne altro che uno, il quale, dieci anni prima, le aveva chiesto veleno per disfarsi della propria moglie; ma che costui era morto.

"Le fu versata acqua in gola; si è alquanto scossa ed agitata, ma non ha voluto parlare.

"Le si tornò a versar acqua in bocca; s'è un poco dimenata e scossa, ma non ha voluto parlare.

"Ammonita a dire perchè, se non aveva complici, ella avesse scritto dalla Conciergerie a Penautier, onde sollecitarlo a far per lei tutto quello che potrebbe, e ricordargli che i suoi interessi in quell'affare erano comuni con lei:

"Ha dichiarato non aver mai saputo che Penautier avesse avuto intelligenze con Santa-Croce pei suoi veleni, e che il contrario sarebbe mentire alla propria coscienza; ma che essendo stato trovato nella cassetta di Santa-Croce un biglietto concernente Penautier, e siccome ella lo aveva veduto spesso con Santa-Croce, aveva creduto che l'amicizia esistente fra loro avesse potuto andare fino al commercio de' veleni. Che in siffatto dubbio erasi arrischiata a scrivergli come se fosse stata certa che ciò fosse, non potendo quel passo far danno alla causa; poichè, o Penautier era complice di Santa-Croce, o non lo era: se lo era, egli crederebbe che la Marchesa fosse in grado d'incolparlo, e farebbe allora il possibile di trarla dalle mani della giustizia; se non lo era, la sua sarebbe una lettera gettata, e nulla più.

"Le fu versato di bel nuovo acqua in bocca; si è molto scossa e dimenata, ma ha detto che, sopra quell'argomento, ella non poteva dir altro se non quanto aveva già detto; poichè, se diceva di più, avrebbe aggravata la propria coscienza".

La tortura ordinaria era finita; la Marchesa aveva già ingoiata la metà di quell'acqua che parevale bastante per annegarla; il carnefice si fermò, onde procedere alla tortura straordinaria.

Per conseguenza, invece del cavalletto di due piedi e mezzo sul quale era coricata, egli le fece passare sotto le reni un cavalletto di tre piedi e mezzo, il quale diede maggior curvatura al corpo; e siccome quell'operazione si fece senza allungar di più la corda, le membra furono costrette a distendersi di bel nuovo, ed i legami, ristringendosi intorno ai polsi ed alle caviglie dei piedi, penetrarono nelle carni, a segno che ne spicciò il sangue; la tortura ricominciò tosto, interrotta dalle domande del Cancelliere e dalle risposte della paziente.

Quanto alle grida, pare non ci badassero nemmeno.

Ed ecco, come prosegue il testo del processo verbale:

"Sul grande cavalletto, e durante lo stiramento, ha 'detto più volte:

"– O mio Dio! voi mi squartate! Signore, perdonatemi! Signore, abbiate pietà di me!

"Ammonita se non avesse altro a dichiarare circa i suoi complici:

"Ha dichiarato che potevano ucciderla, ma non direbbe una menzogna, chè dannerebbe la sua anima.

"Per il che le fu versata acqua in gola; si è alquanto dimenata, ed agitata, ma non ha voluto parlare.

"Ammonita a rivelare la composizione dei suoi veleni e l'antidoto che loro conveniva:

"Ha risposto che ignorava le sostanze onde erano formati; che tutto quanto si ricordava, era che vi entravano i rospi; che Santa-Croce non le ha mai palesato quel segreto; e ch'ella pensava, del resto, che non li facesse da sè, ma gli fossero preparati da Glazer. Crede ricordarsi che taluni non erano altro che arsenico concentrato; che, quanto a contravveleno, ella non ne conosceva altri fuor del latte, e che Santa-Croce le aveva detto che, purchè se ne fosse preso la mattina, e se ne bevesse una tazza, del contenuto d'un bicchiere, ai primi sintomi che si sentissero del veleno, non si aveva nulla a temere.

"Ammonita a dire se avesse qualche altra cosa da aggiungere:

"Ha detto che aveva confessato tutto quanto sapeva, e che ormai si poteva anche ucciderla, ma non le si caverebbe altro.

"Perciò le fu versata acqua in bocca; si è un poco agitata, ed ha detto ch'era morta, ma non ha•voluto parlare.

"Le fu versata ancora acqua; s'è molto agitata e dimenata, ma non ha voluto parlare.

"Le fu da capo fatto ingoiare acqua; non si è agitata, nè dimenata, ma ha detto con un gran gemito:

"– O mio Dio! mio Dio! son morta!

"Ma non ha voluto altrimenti parlare.

"Perciò, senza farle altre domande, fu slegata, tolta via e portata davanti al fuoco, nel modo consueto".

XI.

Fu vicino a quel fuoco, davanti il camino del custode, coricata sulla materassa della tortura, che la ritrovò il Dottore, il quale, sentendosi mancar la forza per assistere a simile spettacolo, le aveva chiesto il permesso di lasciarla, per dire una messa a di lei suffragio, affinchè Dio le accordasse la pazienza ed il coraggio.

Si vede che il buon Prete non aveva pregato indarno.

– Ah! signore – gli disse la Marchesa appena lo vide – è molto tempo ch'io desideravo rivedervi, per consolarmi con voi. Oh! che tortura lunga e dolorosa! ma è l'ultima volta che ho da fare cogli uomini, ed io non ho più ora ad occuparmi che di Dio. Guardate le mie mani, signore, guardate i miei piedi; non sono essi laceri e rovinati, ed i miei carnefici non mi hanno essi flagellata, come Gesù Cristo?

– E perciò, signora – rispose il Prete – questi patimenti, in tal punto, sono un gran bene; ogni tortura è un grado che vi accosta al Cielo. Sicchè dunque, come voi dite, non bisogna vi occupiate che di Dio; bisogna ricondurre a lui tutti i vostri pensieri e le speranze vostre; bisogna chiedergli, col Re penitente, di concedervi un posto in Cielo fra i suoi eletti; e, siccome nulla d'impuro può penetrarvi, andiamo a lavorare, signora, onde togliere da voi tutte le macchie che potrebbero chiudervene la via.

La Marchesa si alzò tosto, aiutata dal Dottore, potendo appena reggersi in piedi, e s'avanzò, barcollando, fra lui ed il carnefice; chè quest'ultimo, che erasi impadronito di lei subito dopo la sentenza, non doveva lasciarla più se non dopo averla giustiziata.

Entrarono così tutti e tre nella cappella, e, penetrando nel recinto del coro, il Dottore e la Marchesa si misero inginocchioni per adorare il Santissimo Sacramento.

In quel punto, comparvero nella navata della cappella alcune persone attratte dalla curiosità, e siccome non si poteva scacciarle, e costoro distraevano la Marchesa, il carnefice chiuse il cancello del coro e fece passare la paziente dietro l'altare.

Quindi ella sedette sopra una sedia, ed il Dottore si mise in una panca dall'altra parte e rimpetto a lei.

Fu allora, vedendola rischiarata dalla finestra della cappella, ch'egli s'accòrse del cambiamento operatosi in lei.

Il suo volto, di consueto pallidissimo, era infiammato, gli occhi accesi e febbricitanti, e tutto il corpo tremava per sussulti improvvisi.

Il Dottore volle dirle alcune parole per consolarla, ma ella, senza ascoltarlo:

– Signore – gli disse – sapete voi che la mia sentenza è ignominiosa ed infamante? Sapete che c'è del fuoco nella mia sentenza?

Il Dottore non le rispose, ma pensando che avesse bisogno di qualche cosa, disse al boia di farle portare un po' di vino.

Poco dopo comparve il carceriere con una tazza in mano.

Il Dottore la presentò alla Marchesa, che vi intinse le labbra e gliela restituì tosto; poi, accorgendosi d'avere il seno scoperto, prese la pezzuola per coprirselo, e chiese al carceriere un ago per cucire il corsetto.

Il carceriere le consegnò l'ago, chiedendole gli permettesse di baciarle le mano.

Ella gliela porse tosto, dicendogli di pregare per lei.

– Oh! sì – egli esclamò, singhiozzando – e di tutto cuore.

Il carceriere si ritirò, ed ella rimasta sola col Dottore:

– Non m'avete inteso, signore? – gli disse per la seconda volta. – Vi ho detto che c'è del fuoco nella mia sentenza. Fuoco, capite? E, benchè siavi detto che il mio corpo non vi sarà gettato se non dopo la morte, è sempre una grande infamia per la mia memoria. Mi risparmiano il dolore d'essere arsa viva, risparmiandomi così forse una morte disperata; ma la vergogna c'è pur sempre, ed io penso solo a questa.

– Signora – le disse il Dottore – è indifferentissimo per la vostra salute che il vostro corpo sia gettato nel fuoco ond'essere ridotto in cenere, o messo in terra per venire divorato dai vermi; che sia trascinato sul graticcio e gettato nel mondezzaio, od imbalsamato co' profumi d'Oriente e deposto in un mausoleo pomposo. Le esequie sono per chi vive, signora, e non per chi muore.

In quel punto si udì uno strepito alla porta del coro; il Dottore andò a vedere che cosa fosse. Un uomo insisteva per entrare, e lottava quasi col carnefice.

Il Dottore si accostò e chiese di che si trattava. Era un sellaio dal quale la Brinvilliers aveva comperato, prima della sua partenza di Francia, una carrozza, che gli aveva pagata in parte, dovendogli ancora a saldo milledugento lire.

Egli recava l'obbligazione da lei firmata, e sul quale stavano scritti fedelmente i diversi acconti ricevuti.

Allora la Marchesa, non sapendo cosa accadesse, chiamò. Il Dottore ed il carnefice accorsero.

– Vengono forse già a cercarmi? – ella chiese – io sono poco preparata in questo momento; ma, non importa, sono pronta.

Il Dottore la rassicurò, e le disse quello onde trattavasi.

– Colui ha ragione – ella rispose. – Ditegli – continuò, rivolgendosi al carnefice, che ci penserò come meglio potrò.

Poi, vedendo allontanarsi il boia:

– Signore – ella disse al Dottore – bisogna già partire? Mi farebbero gran piacere di concedermi ancora un po' di tempo; poichè se sono pronta, come lo dicevo dianzi, non sono preparata. Signore, perdonatemi – soggiunse – ma la tortura e quella sentenza mi hanno tutta conturbata; quel fuoco che v'è dentro, brilla sempre a' miei occhi come quello dell'inferno. Se mi avessero lasciata con voi tutto quel tempo, sarebbe stato meglio per la mia salute.

– Signora – rispose il Dottore – la Dio mercè avrete probabilmente tempo fino a notte, per pensare a quanto vi resta a fare.

– Oh! signore – ella disse con un sorriso – non credetelo, essi non avranno tanto riguardo per una misera, condannata al fuoco; ciò non dipende da noi. Quando tutto sarà pronto, verranno ad avvertirci che è tempo, e converrà andare.

– Signora – replicò il Dottore – io posso rispondervi che vi si accorderà il tempo necessario.

– No, no – ella disse con accento interrotto e febbrile – no, non voglio far aspettare. Quando la carretta sarà alla porta, appena me lo diranno, scenderò.

- Signora - riprese il Dottore - io pure non ritarderei, se vi vedessi pronta a comparire davanti a Dio, chè, nella vostra situazione, è un atto di pietà il non chieder tempo a partire all'ora fissata. Ma tutti non sono sì ben preparati per poter fare come Gesù Cristo, il quale, interrotta la sua preghiera, uscì dall'orto e mosse incontro a' suoi nemici. Ma voi, in questo momento, siete debole, e se venissero a prendervi, io m'opporrei alla vostra partenza.

- Siate tranquilla, signora, il momento non è peranco venuto - disse il carnefice sporgendo il capo presso l'altare.

Quell'assicurazione rese un po' di calma alla Brinvilliers, che ringraziò il carnefice. Poi, voltasi al Dottore:

- Signore - disse - ecco qui una corona ch'io non vorrei cadesse fra le mani di colui. Non è già ch'egli non possa farne buon uso, perchè, malgrado il mestiere che esercita, io credo, n'è vero, che costui sia cristiano come noi? Ma insomma, preferirei lasciarla a qualcun altro.

- Signora - rispose il Dottore - decidete a chi desiderate ch'io la dia, ed io la porterò a chi m'avrete detto.

- Ahimè! signore, io non ho nessuno cui possa darla, se non a mia sorella; ma ho paura che, ricordandosi del mio delitto verso di lei, ella non abbia orrore di toccare quello che mi fosse appartenuto. Mi sarebbe di grande consolazione l'idea ch'ella accettandola, la portasse, dopo la mia morte, e che la sua vista le ricordasse come debba pregare per me. Mio Dio! Dio mio! io sono ben rea, e vi degnerete voi mai di perdonarmi?

- Signora, credo che voi v'ingonniate riguardo alla signorina d'Aubray: avete potuto vedere, dalla lettera che vi ha scritto, i sentimenti che ha serbati per voi; pregate dunque su quella corona fino all'ultima vostra ora. Pregate senza tregua nè distrazione, come si conviene ad una rea che si pente, e vi assicuro, signora, che la consegnerò io stesso, e riuscirà gradita.

La Marchesa, che dopo l'interrogatorio era stata costantemente distratta, si rimise, grazie alla paziente carità del Dottore, a pregare col fervore di prima.

Pregò cosi fino alle sette. Mentre sonavano, il carnefice venne, senza dir nulla, a porsi in piedi davanti a lei; ella comprese esser venuto il momento, e pigliando il braccio del Dottore:

– Un po' di tempo ancora – gli disse – ancora alcuni istanti, ve ne prego.

– Signora – rispose il Dottore, alzandosi – andiamo a pregare Iddio di togliervi quanto vi resta di macchia e di peccato, e voi così otterrete il respiro che desiderate.

Allora il carnefice le strinse intorno alle mani le corde che prima aveva lasciate molli e quasi penzolanti, ed ella andò con passo fermo a porsi inginocchioni dinanzi all'altare, fra il cappellano della Conciergerie ed il Dottore.

Il Cappellano era in cotta, ed intonò a voce alta il Veni Creator, la Salve Regina ed il Tantum ergo.

Finite queste preghiere, diè la benedizione del Santo Sacramento, che ella ricevette colla faccia prostrata a terra.

Poi, preceduta dal boia, uscì dalla cappella, appoggiata a sinistra sul Dottore ed a destra sul garzone del boia.

Fu in quell'uscita ch'ella provò la sua prima confusione.

Dieci o dodici persone l'aspettavano, e siccome si trovò d'improvviso in faccia ad esse, fece un passo indietro, e colle mani, legate com'erano, calò il davanti della cuffia e se ne coprì mezzo il volto.

In quel punto, pel violento movimento fatto per nascondersi il viso, la sua corona si sfilò, ed alcuni grani caddero per terra.

Ella tuttavia continuava ad avanzarsi senza badarvi, ma il Dottore la richiamò; poi, abbassandosi, si mise a raccogliere i grani col garzone del boia, il quale, radunatili tutti nella sua mano, li versò in quella della Marchesa.

Allora, lo ringraziò umilmente di quell'attenzione:

– Signore – ella gli disse – so che non possiedo più nulla a questo mondo e che tutto quanto ho indosso appartiene a voi, che io non posso donar nulla se non col vostro beneplacito; ma vi prego di permettermi che, prima di morire, io dia questa corona al signore; voi ci perderete poco, poichè non è di gran valore, ed io non gliela rimetto se non per farla passare nelle mani di mia sorella. Acconsentite dunque, signore, ch'io ne faccia quest'uso, ve ne supplico.

– Signora – rispose il garzone – benchè sia d'uso che gli abiti de' condannati ci appartengano, voi siete padrona di tutto quello che avete, e quand'anche la cosa fosse del maggior valore, potete disporne a vostro piacimento.

Il Dottore, che le dava il braccio, la sentì tremare a quella galanteria del garzone del boia, che, dell'umore altero ond'era la Marchesa, doveva essere per lei la cosa più umiliante che immaginar sì possa. Ma, tuttavia quel movimento, se lo provò, fu interno, e dal suo volto non trasparì nulla.

In quell'istante, ella si trovò nel vestibolo della Conciergerie, dove fu fatta sedere, per metterla nello stato in cui doveva essere per l'ammenda onorevole.

Siccome ogni passo che allora faceva, la riavvicinava al patibolo, ogni avvenimento la inquietava ognor più.

Si volse dunque con angoscia, e vide il carnefice con una camicia in mano.

Allora la porta del vestibolo si aprì, ed entrarono una cinquantina di persone, fra le quali la contessa di Soissons, la signora del Rifugio, la signorina Scudery, Roquelaure e l'abate di Chimay.

A tal vista, la Marchesa diventò rossa dalla vergogna, e, chinandosi verso il Dottore:

– Signore – gli disse – costui mi spoglierebbe una seconda volta, come ha già fatto nella camera della tortura? Tutti questi apparecchi sono assai crudeli, e mio malgrado mi distolgono da Dio.

Il carnefice, per basso ch'ella avesse favellato, ne udì le parole, e la rassicurò, dicendole che non le verrebbe tolto nulla e le si porrebbe la camicia disopra alle altre vesti.

Allora le s'avvicinò, ed essendo egli da una parte, ed il garzone dall'altra, la Marchesa, non potendo parlare col Dottore, gli espresse, cogli sguardi, come provasse profondamente tutta l'ignominia della sua situazione; poi, quando le ebbe messa la camicia, operazione per la quale fu d'uopo slegarle le mani, il boia le rialzò la cuffia che, come abbiamo detto, ella aveva abbassata, glie l'annodò sotto il collo, le strinse di bel nuovo le mani con una corda, quindi chinatosi davanti a lei le tolse le pantofole e le cavò le calze.

Allora ella stese sul Dottore le sue braccia legate.

– Oh! signore – gli disse – in nome di Dio, voi vedete cosa mi fanno, degnatevi dunque accostarvi a me per consolarmi.

Il Dottore le si appressò tosto, sorreggendole il capo rovesciato sul suo petto, e volle confortarla; ma ella, con tono di straziante lamento:

– Oh! signore – disse, fissando lo sguardo su tutta quella gente che la divorava cogli occhi – non è questa una strana e barbara curiosità?

– Signora – rispose il Dottore colle lacrime agli occhi – non riguardate la premura di queste persone dalla parte della barbarie e della curiosità, benchè sia forse il loro vero lato, ma guardatela come un'onta che Dio vi manda in espiazione de' vostri delitti. Dio, ch'era innocente, fu sottoposto a ben altri obbrobri, e tuttavia li subì con rassegnazione,

Mentre il Dottore finiva queste parole, il carnefice mise in mano alla Marchesa la torcia accesa, affinchè la portasse così fino a Nostra Signora, ove doveva fare la sua ammenda onorevole; e, siccome era molto grossa e pesava due libbre, il Dottore la sostenne colla mano destra, mentre il Cancelliere leggeva per la seconda volta la sentenza, che il Dottore faceva il possibile per impedire che l'udisse, parlandole continuamente di Dio.

Tuttavia, ella impallidì orribilmente quando il Cancelliere le rilesse queste parole:

E ciò fatto, sarà condotta in una carretta, a piè scalzi, colla corda al collo ed una torcia accesa del peso di due libbre in mano, che il Dottore non potè aver dubbio, per quanto si fosse adoperato, che non le avesse intese.

Fu assai peggio ancora, quand'ella giunse sulla soglia del vestibolo, e vide la gran calca di gente che l'aspettava nel cortile.

Allora si fermò col viso tutto sconvolto, e appoggiandosi sopra sè stessa, quasi avesse voluto affondare i piedi in terra:

– Signore – disse al Dottore, con aria a un tempo truce e lamentevole – signore, sarebbe possibile che, dopo quello che ora accade, il signor Brinvilliers avesse ancora tanto poco cuore da restare in questo mondo?

– Signora – rispose il Dottore – quando Nostro Signore fu per lasciare gli apostoli, non pregò Dio di toglierli dalla terra, ma d'impedire che non cadessero nel vizio. Padre, egli disse, io non chiedo che voi li leviate dal mondo, ma li preserviate dal male. Se dunque voi domandate qualche cosa a Dio pel signor Brinvilliers, ciò sia solo perchè lo mantenga nella sua grazia, se v'è, e per porvelo, se non vi fosse.

Ma furono parole perdute; la vergogna era troppo grande e troppo pubblica; il suo volto si raggrinzò, le sopracciglia si aggrottarono, gli occhi gettarono fiamme, la bocca si contorse, tutto il suo fare diventò terribile, e il demonio riapparve per un istante sotto l'involucro che lo ricopriva.

Fu durante quel parossismo, che continuò quasi un quarto d'ora, che Lebrun, il quale trovavasi presso di lei, s'impressionò del suo volto, e ne serbò tal memoria, che la notte seguente, non potendo dormire, ed avendo sempre quella figura dinanzi agli occhi, ne fece il bel disegno che è al Louvre, e rimpetto a quel disegno una testa di tigre, per mostrare che i lineamenti principali erano i medesimi, e che l'una somigliava all'altra.

Quel ritardo nella marcia era stato cagionato dalla gran folla che ingombrava il cortile, e non fece largo se non davanti ai gendarmi a cavallo.

La Marchesa potè allora uscire, e perchè la vista di lei non si smarrisse oltre su tutta quella moltitudine, il Dottore le pose il Crocifisso in mano, ordinandole di non perderlo cogli sguardi.

E così fece fino alla porta della via, dove l'aspettava la carretta. Quivi le convenne pure alzar gli occhi sull'oggetto infame che trovavasi davanti a lei.

Era una delle più piccole carrette che potessero vedersi, portante ancora segni del fango e de' sassi trasportati, senza sedile, e con un po' di paglia gettata nel fondo; era tirata da una rozza, che maravigliosamente completava l'ignominia di quell'equipaggio.

XII

Il carnefice la fece salire per la prima, il che ella eseguì con bastante forza e rapidità, quasi per fuggire gli sguardi che la circondavano, e s'accovacciò, come avrebbe fatto una belva, nell'angolo sinistro, sulla paglia e a viso basso.

Il Dottore salì poscia e sedette presso di lei, nell'angolo destro; poi il carnefice a sua volta, chiudendo l'asse di dietro, e sedendo presso di lei, allungando le sue gambe fra quelle del Dottore.

Quanto al garzone, che aveva l'incarico di guidare il cavallo, si assise sulla traversa del davanti, a schiena a schiena colla Marchesa e col Dottore, co' piedi aperti e poggiati sulle due stanghe.

La signora di Sevigné, che trovavasi sul ponte di Nostra Signora, non potè vedere che la cuffia della Marchesa.

Appena il corteggio ebbe fatto qualche passo, il volto della Marchesa, che aveva ripreso un po' di tranquillità, si sconvolse di nuovo: i suoi occhi rimasti fissi costantemente sul Crocifisso, lanciarono fuor della carretta uno sguardo di fiamma, poi presero tosto un carattere di turbamento e smarrimento che spaventò il Dottore, il quale, riconoscendo che qualche cosa facevale impressione, e volendo mantenere l'animo di lei nella calma, le chiese che cosa avesse veduto.

– Nulla, signore, nulla – ella rispose vivamente, riconducendo gli sguardi sul Dottore – non è nulla.

– Ma, signora – egli le soggiunse – voi non potete però smentire nei vostri occhi un fuoco sì estraneo a quello della carità, che non può esservi venuto se non per la vista di qualche oggetto increscevole. Che cosa può esser mai? ditemelo, ve ne prego, chè voi mi prometteste d'avvertirmi di qualunque tentazione vi potesse venire.

– Signore – rispose la Marchesa – io lo farò, ma non è nulla.

Poi, d'improvviso, gettando gli occhi sul carnefice, che, come abbiamo detto, sedeva rimpetto al Dottore:

– Signore – gli disse vivamente – mettetevi davanti a me, vi prego, e nascondetemi colui.

Ed ella stendeva le mani legate verso un uomo a cavallo, che seguiva la carretta, respingendo con quel gesto la torcia, che il Dottore ritenne, ed il Crocifisso che cadde a terra.

Il carnefice guardò dietro di sè, poi si volse di fianco, com'ella ne l'aveva pregato, facendole segno col capo, e mormorando:

– Sì, sì, capisco bene che cos'è.

E siccome il Dottore insisteva:

– Signore – ella gli disse – non è nulla che meriti di esservi riferito, ed è una mia debolezza il non poter al presente sostenere la vista di persona che m'ha maltrattata. Quell'uomo, che voi vedete dietro la carretta, è Desgrais, il quale mi arrestò a Liegi e mi maltrattò molto lungo la strada, ed io non ho potuto, rivedendolo, padroneggiare il movimento del quale vi accorgeste.

– Signora – rispose il Dottore – ho sentito parlare di lui, e voi stessa me ne discorreste nella vostra confessione; ma era un uomo mandato per impadronirsi di voi e risponderne, incaricato di ordini gelosi, ed aveva ragione di custodirvi ed invigilarvi con rigore, e quand'anche vi avesse custodita ancor più rigorosamente, non avrebbe adempiuto al suo dovere. Gesù Cristo non poteva riguardare i suoi carnefici se non come ministri d'iniquità, che servivano l'ingiustizia, e vi aggiungevano di motuproprio tutte le crudeltà che lor venivano in mente; eppure, lungo tutta la strada, egli li vide con pazienza e piacere, e morendo pregò per loro.

Successe allora nella Marchesa un aspro conflitto, il quale le si riflettè sul volto, ma per un momento solo, e dopo un'ultima contrazione, riprese la primiera calma e serenità; poscia:

– Signore – ella disse – avete ragione, ed io mi faccio molto torto con una simile delicatezza: ne domando perdono a Dio, e vi prego di ricordarvene sul patibolo, quando mi darete l'assoluzione, come me lo prometteste.

Poi, volgendosi al carnefice:

– Signore – ella continuò – rimettetevi come eravate prima, sì ch'io vegga Desgrais.

Il carnefice esitò ad obbedire, ma, ad un cenno che gli fece il Dottore, ripigliò il primo posto; la Marchesa guardò alcun tempo Desgrais con aria dolce, mormorando una preghiera in di lui favore; indi, riportando gli occhi sul Crocifisso, si rimise a pregare per sè medesima.

Tuttavia, per quanto piano camminasse la carretta, continuava ad avanzare, e finì col trovarsi sulla piazza di Nostra Signora.

Allora i gendarmi fecero sgombrare il popolo che la ingombrava, e la carretta, spintasi fino ai gradini, si fermò.

Quivi il carnefice discese, levò l'asse di dietro, prese la Marchesa nelle braccia e la depose sul sagrato: il Dottore scese dietro di lei, co' piedi tutti indolenziti per la incomoda posizione nella quale trovavasi fin dall'uscire dalle carceri, salì i gradini della chiesa e andò a porsi di dietro della Marchesa, la quale stava in piedi sul ripiano, col Cancelliere a destra, il carnefice a sinistra e dietro di sè una gran folla di persone, ch'erano nella chiesa, di cui vennero aperte tutte le porte.

Fattala inginocchiare, le fu data la torcia accesa, che fin allora era quasi sempre stata portata dal Dottore.

Poi, il Cancelliere le lesse l'ammenda onorevole, e che ella cominciò a ripetere dopo di lui, ma tanto piano, che il carnefice le disse ad alta voce:

– Più forte! più forte!

E allora ella alzò la voce, e con fermezza pari a devozione, ripetè la seguente riparazione:

"Riconosco, che malvagiamente e per vendetta, ho avvelenato mio padre ed i miei fratelli, e tentato l'avvelenamento di mia sorella, per avere i loro beni, di che chiedo perdono a Dio ed agli uomini".

Finita l'ammenda, il carnefice la ripigliò fra le braccia e la riportò nella carretta senza darle più la torcia. Il Dottore salì dopo di lei; ognuno riprese il posto che occupava prima, e la carretta s'incamminò verso la piazza della Grève.

Da quel momento finchè giunse al patibolo non staccò più gli occhi dal Crocifisso, che il Dottore teneva nella mano sinistra, e le presentava continuamente, esortandola sempre con parole pietose, cercando distrarla dai terribili sussurri sorgenti intorno alla carretta, e nei quali era facile distinguere delle maledizioni.

Giunta in piazza della Grève, la carretta sostò poco distante dal patibolo; allora il Cancelliere, certo Drollet, s'inoltrò a cavallo, e volgendosi alla Marchesa:

– Signora – le disse – non avete più altro da aggiungere a quanto diceste? Se aveste qualche dichiarazione da fare, i signori dodici Commissari son là, nel Palazzo municipale, e pronti a riceverla.

– Signora – ripigliò allora il Dottore – eccoci al termine del viaggio! la forza non vi abbandonò lungo la via: non distruggete l'effetto di tutto quanto avete già sofferto e di tutto quanto avete ancora da soffrire, nascondendo quello che sapete, se per caso ne sapeste più di quanto avete detto.

– Ho detto tutto quello che sapevo – rispose la Marchesa – e non posso dir altro.

– Ripetetelo dunque ad alta voce – replicò il Dottore – affinchè tutti lo sentano.

Allora la Marchesa, colla voce più forte che le era dato, ripetè:

– Ho detto tutto quello che sapevo, signore, e non ho altro da dire.

Fatta questa dichiarazione, si volle far avvicinare vieppiù la carretta al patibolo; ma la calca era tale, che il garzone del boia non poteva farsi largo, malgrado le scudisciate che distribuiva intorno a sè.

Convenne dunque fermarsi ad alcuni passi. Il carnefice era sceso e preparava la scala.

In quell'istante d'orribile aspettativa, la Marchesa guardava il Dottore con aria calma e riconoscente, e sentendo che la carretta si fermava, gli disse:

– Signore, non è qui che noi dobbiamo separarci, e voi mi prometteste di non lasciarmi, se prima non abbia tronco il capo: spero che mi manterrete la parola.

– Sì, certo – rispose il Dottore – ve la manterrò, signora, e solo l'istante della vostra morte sarà quello della nostra separazione; non vi mettete dunque in affanno per questo, chè io non vi abbandonerò.

– Aspettavo da voi questa grazia – riprese la Marchesa – e vi ci eravate impegnato troppo solennemente, perchè aveste, lo so, pur l'idea di mancarvi. Sarete così sul patibolo con me, ed ora, signore, siccome fa d'uopo ch'io prevenga l'ultimo addio, perchè la quantità di cose ch'io avrò da fare sul patibolo potrebbe distrarmene, permettete che, da questo momento, io vi ringrazi. Se mi sento ben disposta a subire la sentenza de' giudici della terra e ad ascoltare quella del giudice del Cielo, lo devo tutto alle solerti vostre cure, lo riconosco altamente: non mi resta dunque se non a chiedervi scusa della pena che v'ho data, e ve ne domando perdono.

E siccome le lacrime impedivano al Dottore di rispondere, ella aggiunse:

– N'è vero, che mi scusate?

A queste parole, il Dottore volle rassicurarla; ma sentendo che, se apriva la bocca, scoppierebbe in singhiozzi, continuò a stare in silenzio. La Marchesa riprese allora per la terza volta:

– Vi supplico, signore, a perdonarmi, e a non rimpiangere il tempo che passaste con me; voi direte un De profundis nel momento della mia morte, e domani una messa per me; me lo promettete, n'è vero?

– Sì, signora – disse il dottore con voce interrotta – sì, sì, state tranquilla, farò quanto mi ordinate.

In quel momento, il carnefice levò l'asse e trasse la Marchesa dalla carretta, ed avendo fatto qualche passo con lei verso il patibolo, e tutti gli occhi essendosi rivolti dalla loro parte, il Dottore potè piangere un istante coperto dal suo fazzoletto; ma, mentre asciugavasi gli occhi, il garzone del boia gli stese la mano per aiutarlo a scendere.

Nel frattempo, la Marchesa saliva la scala, condotta dal carnefice; giunta sulla piattaforma, questi la fece inginocchiare davanti ad un ceppo; allora il Dottore, che aveva salita la scala con passo men fermo di lei, venne ad inginocchiarsele al fianco, ma volto in un altro senso per poterle parlare all'orecchio. Il carnefice tolse allora la cuffia alla paziente, e le tagliò i capelli per di dietro e sulle tempie, facendole voltare e rivoltare il capo, talvolta anche aspramente; e quantunque quella orribile toeletta durasse quasi mezz'ora, ella non mise un lamento, nè esternò altri segni di dolore se non lasciandosi sfuggire grosse lacrime in silenzio.

Tagliati i capelli, le lacerò, per scoprirle le spalle, l'alto della camicia che le era stata messa al disopra degli abiti nell'uscire dalla Conciergerie.

Finalmente le bendò gli occhi, e sollevandole il mento colla mano, le ordinò di tenere il capo ritto.

Ella obbedì a tutto, senza alcuna resistenza, ascoltando sempre quello che le diceva il Dottore, e ripetendone tratto tratto le parole. Intanto il carnefice, dal di dietro del patibolo, contro il quale sorgeva il rogo, gettava tratto tratto gli occhi sul suo mantello, dalle cui pieghe vedevasi uscire l'elsa d'una lunga sciabola diritta, che aveva avuto la precauzione di nascondere così, perchè la Brinvilliers non la vedesse, salendo sul palco; e siccome, dopo aver data l'assoluzione alla Marchesa, il Dottore, volgendo il capo, vide che il carnefice non era ancora armato, egli le disse queste parole in forma di preghiera, cui ella ripetè, parola per parola:

"Gesù, figlio di David e di Maria, abbiate pietà di me; Maria, figlia di David e madre di Gesù, pregate per me. Mio Dio, io abbandono il mio corpo, che non è che polvere, e lo lascio agli uomini per bruciarlo, ridurlo in cenere e disporne come loro piacerà, colla ferma fede che voi lo farete un giorno risuscitare, e lo riunirete all'anima mia. Io non sono in angustie che per lei. Gradite, mio Dio, ch'io la rimetta a voi, fatela entrare nel vostro riposo, e ricevetela nel vostro grembo perchè risalga alla sorgente ond'è discesa. Ella parte da voi, ritorni a voi; è uscita da voi, rientri in voi. Voi ne siete l'origine ed il principio; siatene, o mio Dio, il centro e la fine".

La Marchesa finiva questa parola, quando il Dottore udì un rumore sordo, come d'un colpo di mannaia, che si desse per tagliar carne sovra un ceppo: nello stesso istante cessò la parola.

La lama era calata sì rapida, che il Dottore non ne avea nemmen visto passare il bagliore: egli•stesso si fermò coi capelli irti e col sudore alla fronte; chè, non vedendo cadere il capo, credette che il boia avesse sbagliato il colpo, e fosse costretto a ricominciare; ma quel timore fu breve, poichè quasi nello stesso istante il capo piegò dal lato destro, scorse giù per la spalla, poi rotolò indietro, mentre il corpo cadeva all'innanzi sul ceppo, sollevato in guisa che gli spettatori vedessero il collo troncato e sanguinolento. Il Dottore recitò un De profundis e quando ebbe finita la sua preghiera, alzò il capo, vide davanti a sè il carnefice che asciugavasi il volto.

– Or bene! signore – disse questi al Dottore, non è stato un bel colpo? Mi raccomando sempre a Dio in queste occasioni, ed egli mi ha sempre assistito. Son parecchi giorni che questa signora m'inquietava; ma ho fatto dire sei messe, e mi sono sentito il cuore e la mano rassicurati.

Ciò detto, cercò di sotto al mantello una bottiglia che aveva portata sul palco, ne bevve una sorsata; poi, pigliando sotto un braccio il corpo vestito com'era, e coll'altra mano il capo, i cui occhi erano rimasti bendati, gettò l'uno e l'altro sul rogo, al quale il suo garzone appiccò tosto il fuoco.

– Il dimani – dice la signora Sevigné – cercavansi le ceneri della marchesa di Brinvilliers, perchè il popolo la credeva una santa.

FINE.